夕暴雨

東京湾臨海署安積班

今野 敏

ハルキ文庫

角川春樹事務所

目次

夕暴雨

東京湾臨海署安積班

1

先ほどまで日が差していたと思ったら、見る見るうちに空が黒雲に覆われた。窓の外が暗くなり、雷鳴が轟《とどろ》いた。

「また、一雨来るな……」

誰に言うともなく、須田《すだ》三郎《さぶろう》部長刑事が言った。

安積剛志《あずみつよし》は、窓の外を見た。

景色が違う。そう感じた。

安積たち東京湾臨海署の署員は、引っ越しの真っ最中だった。新しい建物に、新しい机。電話も、今まで使っていたものより現代的なデザインになっている。

デザインなどどうでもいい。電話は通じればいいのだ。安積はそう思っていた。

今まで使っていた二階建てのプレハブに毛が生えたような署の隣に、七階建ての立派な庁舎を建てていた。それが完成して引っ越すことになったのだ。

引っ越しというのは、面倒なものだ。一般の企業ならば、書類などは業者に荷造り・運搬を任せられるのだろうが、警察署はそうはいかない。

保管されている書類のほとんどが機密文書だ。さすがに、大きな荷物は業者が運んだが、私物や係で保管している書類などは自分たちで運ばなければならない。

雨が降る前に、荷物を運び終えてよかったと、安積は思った。

新しい建物の臭《にお》いがする。窓もぴかぴかだ。署内が禁煙になったのは、いつからだったろう。

安積が若い頃は、先輩の警察官がみんな席で煙草《たばこ》を吸っていたものだ。窓や壁はたちまち煙草のヤニで黄色っぽくなった。

清潔で明るい部屋はどうも落ち着かなかった。だが、気にすることはない。どうせ、すぐに警察署独特の臭いが染みついてしまうのだ。

汗の臭いとストレスを抱える人間が発する臭いが入り混じった独特の臭いだ。どこの警察署に行っても同じ臭いがする。

かつて、東京湾臨海署はベイエリア分署と呼ばれていた。

日本の警察に分署という組織はない。おそらく、翻訳小説か何かの影響でマスコミが言い出したのだ。

バブル経済の真っ最中に、臨海副都心構想の一環として、東京湾臨海署が作られることになった。だが、バブルは崩壊。臨海副都心構想も頓挫《とんざ》した。

東京湾臨海署も当初の予定よりはるかに規模を縮小しなければならなかった。二階建ての粗末な建物だったが、駐車場はやけに広かった。

本庁所属の、交通機動隊と高速道路交通警察隊の分駐所が同居していたからだ。分署と呼ばれたのは、この分駐所と警察署がいっしょになっていたせいかもしれない。

さらに時代が変わった。

お台場は、ベイエリア分署ができた頃とはすっかり様変わりした。放送局ができ、ショッピングモールやホテル、遊興施設ができた。いくつもの公園があり、管内には巨大な展示場もできた。若者が集まるスポットになってしまった。

そこで、東京湾臨海署も規模を拡大することになった。ずいぶん前から新庁舎の建設は始まっていた。

若い署員などは、新しい建物に移ることを喜んでいるようだった。敷地内に古い待機寮があったが、新庁舎の最上階に新しい待機寮が作られ、独身の署員はそちらに移ることになった。

安積の部下に、三人の独身者がいる。須田三郎、黒木《くろき》和也《かずや》、そして桜井《さくらい》太一郎《たいちろう》だ。彼らは職場の引っ越しと同時に、部屋の引っ越しもしなければならない。

安積は、古い庁舎が好きだった。刑事課は二階にあり、二つの階段があった。内階段と外階段と呼ばれていた。

外階段というのは錆《さ》びた鉄製の非常階段だ。そこからは、駐車場に直接行けるので、安積はそちらを使うことが多かった。

外階段を上り下りするとき、潮の香りがすることがあった。いつも感じるわけではない。

風向きのせいもあるのだろうか。

時折、強く意識することがある。その潮の匂《にお》いが好きだった。

新庁舎は、どこか閉塞《へいそく》感があった。刑事課の部屋は、かつての四倍ほども広くなった。にもかかわらず、現代的なビル独特の閉塞感がある。

隣の建物に引っ越しただけだ。

だが、窓から見る景色が違うと感じるのだ。かつて刑事課は二階にあったが、今度は三階だ。だが、景色が違って見える理由はそういうことではなさそうだった。

また、雷の音がした。遠雷だが、次第に近づいてきているような気がする。

「あれ、まだネットにつながらないな……」

須田が言った。

係の中で、一番パソコンに詳しいのが須田だ。今ほど普及する前から、彼はしきりにパソコンをいじっていた。

引っ越してきて、まずネットワークにつなごうとするところが、いかにも須田らしい。

「ネットワークの準備が整うのは、午後二時過ぎだと、回覧が回っていただろう」

そう言ったのは、安積班のもう一人の部長刑事、村雨秋彦《むらさめあきひこ》だった。

「え、いつの話だ?」

「一週間も前の話だ。引っ越しの段取りを知らせた書類の中にあった」

「そうだっけ……」

「書類は伊達《だて》に回覧しているわけじゃないんだぞ」

この一言が、いかにも村雨らしいと思った。村雨はいい管理職になるに違いない。だが、自分の上司にはしたくないタイプだと、安積は思った。

「半日以上も、ネットから遮断されるのか？　それって、問題だぞ。眼《め》と耳をふさがれているようなもんだ」

須田は、滅多に不平不満を言わない。だが、こうしたパソコン関係の話は別だ。

村雨がわずかに顔をしかめた。

「そんなこと言うのは、おまえくらいなもんだよ」

同感だと、安積は思った。珍しく村雨と意見が合った。

「パトカー用のＰＤＡのネットを使わせてもらおうかな……」

「おい、それはハッキングじゃないか」

「冗談だよ」

須田はにやにやしていた。

広くなった刑事課の部屋には、机も増えていた。今までのほぼ倍はある。

安積班の島の隣にも、まだ無人の机の島があった。

刑事課の人数がほぼ倍になるのだ。強行犯係も増える。安積班は、強行犯第一係となり、新たにやってくる班が、強行犯第二係となる。

当初、安積班を二つに解体して、二つの係に振り分けようという案があった。東京湾臨海署の管轄区域に慣れている者と新たにやってくる刑事たちとを組ませようというアイデイアだ。

だが、安積はそれに反対した。

たしかに、その案は合理的かもしれない。だが、捜査は理屈でできるものではない。安積班には阿吽《あうん》の呼吸があると信じている。

須田は、刑事としては明らかに太りすぎで、動作も鈍く見える。だが、それを黒木が補っている。

桜井は一番若く、安積班にやってきたときは捜査員として経験不足だったが、それを村雨が補ってきた。

そして、村雨は規則にうるさいがそれだけ警察官としては頼りになるし、須田は意外な洞察力と奇抜な発想を持っている。

今、安積班を二つに分けると、捜査能力が著しく低下する恐れがある。

他の所轄や部署から異動で来る者たちも、すぐにこの地域に慣れるはずだ。

安積はそう主張した。

榊原《さかきばら》課長がそれに同意してくれた。課長は五十一歳の警部だ。なかなかの苦労人で、組織内で波風を立てない方法をよく心得ている。

課長が賛成したことで、副署長も安積の主張を受け容《い》れるつもりになったらしい。

新しい係の連中はまだ着任していない。どんな刑事たちがやってくるのか気になったが、基本的に人数が増えるのはいいことだ。

人数が増えたからといって、一人あたりの仕事が減るとは思えないが、今より多少は楽になると期待してもバチは当たらないだろう。

雷がだんだん近づいてきたようだ。じきに雨も降り出すだろう。

電話が鳴り、すぐに桜井が取った。

「係長に、課長からです」

かつては、内線電話などかけなくても課長室内から呼ばれれば声が届いた。こうしていちいち電話で呼ばれると、何だか心理的に距離が開いたような気がする。

広くなるのも善《よ》し悪《あ》しだ。

「今日は、東京国際展示場で、なんとかフェスティバルという模型かなんかの大きなイベントが開かれている」

課長の声がした。

そのイベントのことは知っていた。なにせ、毎年、夏と冬の二回開かれるのだ。嫌でも覚えてしまう。

「ネットで爆破予告があったということだ。今、地域課と警備課が行っているが、威力業務妨害ということになれば、刑事事件なので、誰か様子を見に行かせてくれないか」

「わかりました」

「あ、それからな、第二係の連中が午後にはやってくるから、よろしく頼むよ」

「はい」

電話が切れた。

安積は、まだ残念そうにノートパソコンを見つめている須田に声をかけた。須田は、びっくりしたように安積のほうを見た。

須田の仕草は、実に類型的だ。彼は、他人との接し方をテレビドラマか何かで学んだのかもしれない。

もともと人付き合いが苦手なのだ。だが、それでは刑事はつとまらない。彼なりに苦労したのだろう。

「国際展示場に行ってくれ。東館だ」

須田の顔がぱっと輝いた。わかりやすいやつだ。イベントに興味があるのだ。毎年、この時期になると須田はどこかそわそわしている。

「ネット上に、爆破の予告があったということだ」

須田の表情は、とたんに険しくなった。こういう話題のときは深刻な表情をしなければならないと決めているようだ。

「その話は知っています」

「知っている？　俺は、今課長から聞いたばかりだぞ」

「もうネット上で話題になっていますからね」

「もし、本当に爆弾が仕掛けられていたら危険な仕事になるが……」

「えーと、その心配はないと思いますね」

「どうしてそう思う？」

須田は、さっと肩をすくめた。これも、おそらく海外ドラマか何かから学んだのだろう。

「なんとなく、感触でわかるんですよ。ネットへの書き込みの仕方とか、サイトの選び方とかで本気かどうか……。ネットの住人たちは、肌でそういうの感じちゃうんですね。あ、こいつ、本当にヤバイとか、あ、これはただのいたずらだ、とか……」

おそらく、須田の言うとおりなのだろう。

「なんとなくというのは、根拠にはならないな。地域課と警備課が行っているらしい。会場の警備は彼らの仕事だ。様子を見てくるだけでいいと、課長が言っていた」

「わかりました」

須田は言った。また、うれしそうな顔に戻っていた。「様子を見てきます」

須田は、さっそく黒木を連れて出かけていった。

かつては、椅子《いす》をがちゃがちゃ言わせて立ち上がり、よたよたと出口に向かっていた。椅子が新しくなり、以前のような音はしなくなったが、動きがぎこちないことに変わりはない。

精一杯急いでいるのだろうが、黒木は、須田を追い抜かないように細心の注意を払っているように見えた。

黒木は、まるで豹《ひょう》のように精悍《せいかん》だ。一流のアスリートはけっこう神経質なものだが、黒木もそれと同質の神経質さを持っている。

それは、仕事の面では、いいほうに作用することが多い。

村雨も神経質だが、黒木とはちょっと違う。黒木は感覚的なのだが、村雨はどちらかというと形式主義だ。

時折、村雨の杓子定規《しゃくしじょうぎ》なところが鼻につく。だが、部下としては信頼できる男だ。間違いなく、村雨は安積班のナンバーツーなのだ。

その村雨は、きちんと机の整理をしていた。刑事の机は片づいているものだ。警視庁は形式庁などと揶揄《やゆ》されるくらいに、その手のことをうるさく言われる。

そして、それを遵守《じゅんしゅ》するのが村雨という男だ。村雨は桜井にも同様のことを求めているようだ。

安積は、村雨のコピーが出来上がってしまうのではないかと心配したこともあった。桜井は、それくらい従順に見えたのだ。

だが、それは杞憂《きゆう》だったようだ。桜井は村雨から学ぶべきことは学び、自分で考えるべきことは考えるというしたたかさを持ち合わせているようだった。

刑事課の出入り口に、交機隊の制服を着たたくましい男がふらりと姿を見せた。小隊長の速水直樹《はやみなおき》だ。

彼は、パトカーやバイクでのパトロールだけでは足りずに、署内をパトロールして歩く。

安積と同期で、階級も同じ警部補だが、いつまでも若々しく見えるのが少しばかり悔しい。

「よう、ハンチョウ。忙しいか?」

「見てのとおりだ。引っ越しで誰もがてんやわんやなんだ。おまえは、どうしてそんなに暇そうなんだ?」

「交機隊や高速隊の一番の荷物は何だと思う?」

「おまえか?」

「違う。車両だよ。そして、東京湾臨海署の駐車場はこれまでのものをそのまま使う。だから、俺たちの引っ越しの手間はたいしたことないんだ」

「じゃあ、俺たちの引っ越しを手伝ってくれ」

「残念ながら、俺たちは本庁所属なんでな。所轄のことに手を出すと、何かと面倒なんだ」

「都合のいいときだけ、本庁所属だと言い出すんだな。いつもは、平気で所轄のことに首を突っ込むくせに……」

「なんだか、でっかい署になっちまったな」

速水はどこか淋《さび》しそうに言った。「水上署を廃止して、その機能をすべて臨海署に統合するっていうんだから……」

速水の言うとおりだった。臨海署は船艇までかかえることになった。

「上の方針だ。仕方がない」

「別館のこと、聞いたか?」

「コンテナターミナルのほうに建てているやつか？　特に何も聞いていないが……」

新庁舎から一キロほど南側に、別館を建設中だという話は聞いていた。何でも、警備部の施設になるということだが、詳しいことは知らなかった。

「特車二課というのが来るらしい」

「特車……？　何だそれは」

「警備部の特科車両隊みたいなもんだろう」

「だが、二課というからには、課なんだろう？　特科車両隊は、課じゃない。あれは機動隊だ」

「特科車両隊と区別するために第二という名称を付けたんだろうが、それがどうして課になったのかは俺も知らない。どうやら、俺たちと同じく本庁の所属のようだが、交機隊や高速隊の敷地より、ずっと広い土地を使っている。ばかでかい倉庫みたいなものを作っているんだ」

村雨と桜井が聞き耳を立てているのがわかる。

「おまえは、新参者が自分たちよりでかい施設を使うのが気にくわないというわけか。まるで子供だな」

「そうじゃない。倉庫みたいなものでかさが尋常じゃないんだ。まるで格納庫だ。警備部の装備で、あんなにでかい倉庫を必要とするものって、いったい何だ？」

「だから、特車なんだろう。なんでそんなことが気になるんだ？」

「特車二課には、複数の小隊があるらしいが、小隊長の一人が、後藤《ごとう》なんだ」

「後藤……？」

「後藤喜一《きいち》。カミソリ後藤だよ」

安積は驚いた。

「後藤は、公安にいたんじゃないのか？」

「警備部に異動になって、特車二課に配属されたらしい」

後藤喜一は、安積や速水と同期だった。若い頃から優秀な警察官で、安積などは話をするだけで劣等感を抱《いだ》いてしまいそうだった。

年を経るにつれて、昼行灯《ひるあんどん》などといわれるようになったそうだが、それはおそらく処世術を身につけたからではないかと、安積は思っていた。

「そうか。東京湾臨海署の別館に後藤が来るのか……」

速水が妙に苛立《いらだ》っている様子なのは、そのせいかもしれないと思った。速水は昔から後藤をライバル視していた。だが、後藤のほうは、交通警察など歯牙《しが》にもかけないという態度だったのだ。

速水が言った。

「わけのわからない課を新設して、こそこそと何かをやっている。俺はそれが気に入らない」

「俺にそんなことを言われても困るな……。気になるなら、何があるか、行って確かめてくればいい。交機隊は万能なんだろう？」

「交機隊の力も及ばない。別館のあたりは、まるで戒厳令下だぞ。一般人はおろか、警察官も近づけない」

安積はまた驚いた。

「そんなばかな話があるか。警察の施設なんだろう？」

「公安や警備部のやることは、いつもそうだ。秘密が三度の飯より好きな連中だ」

そのとき、村雨が言った。

「何でも、作業用の重機を特科車両に転用するんだとか……。そんな噂《うわさ》を聞きました」

安積は、村雨を見た。

二重の意味で意外だと感じていた。

まず第一に、これまで村雨が安積と速水の会話に割り込んで来たことなど滅多になかった。

そして第二に、安積はそんな噂など聞いたことがなかった。

「だからさ……」

速水が村雨に言った。「それが気に入らないんだ」

「なぜです？」

「作業用の重機って何だ？　そんなものを特科車両に転用したら、それは強力な武器じゃないか。どうして警察にそんなものが必要なんだ？」

村雨は真剣な表情で考え込んだ。

ただ、噂を聞いたという話をしただけだ。そこまで発言に責任を感じる必要はないと、安積は思った。だが、これが村雨という男なのだ。

やがて、村雨が言った。

「警備部というのは、今や国際的にも重要な役割を担っています。テロとの戦いです。装備の充実という点に関しては、外圧も無視できないと思います」

「それだ。その外圧ってやつだ。作業用の重機を特科車両に転用するって、それはアメリカから高価な機械を売りつけられるってことじゃないのか?」

「いえ、国産の重機だと聞いていますが……」

今度は、速水が考え込んだ。

「とにかく、気に入らないんだよ」

そうつぶやくと、速水は出入り口に向かった。

2

午後になって、急に刑事課内が賑《にぎ》やかになった。他の署や他部署から刑事課に異動になった人々が到着したのだ。

大きな段ボール箱をかかえたワイシャツ姿の男たちが行き交っている。皆、汗をかいている。

なんだか家宅捜索《ウチコミ》みたいだな……。

安積はそんなことを思っていた。

隣の島の机も埋まりはじめた。どこかで見たような顔も混じっている。捜査本部などでいっしょになったことがあるのかもしれない。

「やあ、安積さん。いっしょに働けることになって光栄ですよ」

そう言いながら近づいてきた男を見て、安積は悪い冗談ではないかと思っていた。

相楽啓《さがらけい》という名の、本庁捜査一課の捜査員だった。まだ、四十歳になっていないだろう。

それでも、階級は安積と同じ警部補だった。

つまり、こいつが異動してきたということか……。

安積は、溜め息《たいき》をつきたい気分だった。

さきほどの発言は、もちろん皮肉に違いない。

相楽とは何度か捜査本部で顔を合わせている。そのたびに、彼は安積に対して対抗心をむき出しにした。

「あんたが、臨海署に来るとは……」

「強行犯第二係の係長です。ここではあなたが先輩だ。よろしくお願いします」

相楽の部下となる第二係の係員たちも、安積班と同じく四名だった。

相楽を見て、村雨も驚いた様子だ。さすがの村雨も、強行犯第二係の係長に相楽がやってくるという情報は、事前に入手できなかったようだ。

片づけが一段落すると、相楽は係員たちに訓辞を垂れていた。もっともらしいことを言っているが、たいして内容があるとは思えなかった。

先ほどから、雷が激しくなってきた。稲光が瞬《また》き、激しい雷鳴が聞こえる。

二時過ぎに、ついに雨が降りだした。最初は、ぱらぱらとひかえめに降っていたが、あっという間に土砂降りになった。

須田と黒木が、外にいなければいいがと、安積は思った。東京国際展示場で、爆発が起きたという知らせはない。やはり、須田が言ったとおりだったようだ。

イベントは五時までだが、最も混雑するのは午前中だと、いつか須田が言っていた。本気で爆破するつもりなら、もうやっているだろう。

相楽が近づいてきた。安積は、つい身構えてしまう。

「片づけが済んだら、帰宅していいですかね?」

日常の任務に少しでも影響がないようにと、引っ越しは日曜日に行われた。つまり、日曜出勤だ。

安積はこたえた。

「別に、俺に訊《き》くことはないだろう。特別な事案がなければ、帰宅していいと思うが……」

「いや、署の先輩にいちおう、おうかがいを立てておこうと思いましてね。署によってやり方が違うでしょうし」

「やり方なんて、どこだっていっしょだ。気になるなら、俺にじゃなくて、課長に断るべきだ」

相楽はうなずいた。

「そうします。安積さんの班はまだ帰らないのですか?」

「俺はまだ片づけが残っているし、部下がイベント会場に行っている。その帰りを待つつもりだ」

「イベント会場……?」

「東京国際展示場、通称、東京ビッグサイトの東館だ。模型関係の大きなイベントが開かれている。ネット上で爆破予告があったので、様子を見に行っている」

相楽の表情が引き締まった。

「爆破予告……。それは緊急事態じゃないですか。どういう態勢になっているんです?」

「地域課と警備課が会場整理と警備に当たっている。うちからは二名行っている。須田と黒木は知っていたな?」

「二名……」

相楽は、わざとらしく驚いた顔をした。「爆破予告に、刑事がたった二名……?」

「ビッグサイトでは、一年中何かのイベントをやっている。その中には、自作のコミックや小説、模型などを販売する、いわゆるオタク関係のイベントも含まれている。そうしたイベントのときには、たいてい何らかの犯罪予告がある。それを真に受けて、本格的な警備態勢を敷いていたら、臨海署はたちまちパンクしてしまう」

「しかし、本当に爆弾が仕掛けられていた場合はどうするんです?」

「警備に関しては、イベントの主催者側ともよく相談している。不審物があれば、すぐに対処する。そのために、警備課が行ってるんだ」

「予告に関しては、方面本部や本庁には報告しているのですか?」

「当然、報告は行っているはずだ。それは、俺の役目じゃない。課長か署長がやることだ。それに、ネット上で予告があったんだ。当然、本庁のハイテク犯罪対策総合センターや警備部あたりでもキャッチしているはずだ」

「なるほど……」

相楽は、感心したように言った。「それが臨海署のやり方ですか」

こちらの判断の甘さを非難しているように聞こえる。

「そうだ」

安積は言った。「地域の特性と言ってもいいかもしれない」

「地域の特性ですか……」

相楽はそう言ってから考え込んだ。なにかよからぬことを企んでいるように見えてしまう。顔つきが狡猾《こうかつ》そうなのだ。

あるいは、こちらが警戒しすぎなのだろうか。先入観を持たなければ、狡猾そうには見えないのかもしれない。

安積はそんなことを考えていた。

相楽が続けて言った。

「私らは、まだその地域の特性とやらに慣れていないので、とてもどっしりと構えてはいられませんね。現場に行ってみたいのですが、かまいませんか？」

なぜこんなことを言い出したのか、不思議でならなかった。

「別に構わないと思うが……。刑事が大勢乗り込んで行ったら、現場が混乱するかもしれない」

「その点は、うまくやります」

相楽は、第二係の島に戻ると、部下たちを集めて本当に出かけて行った。安積は、出て行く五人の捜査員たちの姿を、茫然《ぼうぜん》と見送っていた。

村雨が言った。

「万が一、本当に爆弾があったときには、ちょっとまずいことになりますね」

安積は驚いて村雨の顔を見た。

「まずいことになるだって?」

「こちらが、どうせいたずらだと高をくくっていた……。相楽たちは全員で出かけていった。相楽班に比較して安積班は怠慢だと言われかねません」

「怠慢だって? イベントの警備は刑事の仕事じゃない。それに、こちらは威力業務妨害を睨《にら》んで二人の刑事を送り込んでいるんだ」

「印象の問題です。もし、本当に爆弾があったとしたら、それは一大事ですからね。大きな被害が出たら、後で何を言っても言い訳にしか聞こえないでしょう」

「じゃあ、おまえは、俺たちも全員で国際展示場に出かけたほうがよかったと言うのか?」

村雨は、ちょっと慌てた様子でこたえた。

「いえ、そうじゃありません。係長の判断は正しかったと思います。私が言いたいのは、相楽がそう考えているということです」

須田からは何の連絡もない。連絡がないということは、何も起きていないということだ。今ごろ、須田は、見回りと称してお目当ての出展品を眺めて回っているかもしれない。

休日出勤なのだ。それくらいの楽しみがあってもいい。

「須田の言ったことを信じるしかないな」

安積は言った。「何も起きなければ、相楽も俺の判断に納得するかもしれない」

「そうですね」

村雨はそう言ったきり、また机の片づけを始めた。

雨は、相変わらず激しく降っている。時折、ヒステリックなくらいに強く降る。こんな天気の中を、わざわざ国際展示場まで出かけていくのか……。

相楽の仕事にかける熱意は認めてやろう。だが、部下は相楽のことをどう思うだろう。ちらりと見ただけだが、係員の中には相楽よりも明らかに年上の者もいたようだ。

まあいい。他の班のことを気にしてもしかたがない。

それにしても、相楽がやってくるとは……。いったい誰がこんな人事を考えたのだろう。

それも、考えても仕方がないことだと気づいた。

「おまえたちは、片づけが済んだら引き上げてもいいぞ」

安積は、村雨と桜井に言った。村雨は即座にこたえた。

「いいえ、私も須田たちの帰りを待ちます」

「桜井、おまえはどうだ？」

「自分もそうします。どうせ、待機寮に戻るだけですし……」

「寮の引っ越しのほうもあるだろう？」

「そっちは、昨日のうちにだいたい片づいていますから……」

「まあ、土砂降りの中を帰ることもないか」

安積は言った。「もう少し経《た》てば、小降りになるかもしれない」

実際に、最近はいつもそうだった。

すさまじい雷雨が来たと思ったら、二、三時間後には止《や》んでいる。熱帯や亜熱帯のスコールのような降り方だ。

それから、夕方までは、何も起きなかった。机の片づけを終えた村雨たちは、抱えている事案に関する書類仕事を始めたようだ。桜井に書類を書かせ、それを村雨がチェックしている。

雨足は衰えない。

急に戸口が賑やかになった。まず、須田と黒木が姿を見せた。いつものように、須田が黒木に何事かしきりに話しかけている。

黒木はうつむき加減で、それにただうなずいているだけだ。おそらく、初めてその光景を見た者は、何か重要な話をしているものと思うだろう。

だが、実際は、須田が今見てきたことについての感想をあれこれと述べ、黒木が黙ってそれを聞いているに過ぎないのだ。

それに続いて、相楽班の連中が戻ってきた。

須田が安積の机の脇《わき》にやってくる。

「チョウさん、イベントは無事に終了しました。やっぱり、爆弾の話はガセでしたね。いたずらですよ」

警部補で係長の安積を、「チョウさん」と呼ぶのは、須田だけだ。デカチョウというのは、主任クラスの部長刑事のことだ。

正式な階級は巡査部長だが、刑事の場合、部長刑事といういい方をされることが多い。かつて、安積が部長刑事時代に、須田と組んでいたことがある。

その時代の名残《なごり》なのだ。

署の連中は、そのことをよく知っているので、大目に見ている。というより、すでに、須田がそう呼ぶことがあたりまえで、誰も気にしなくなっている。

須田も黒木もそれほど濡《ぬ》れていない。ずっと、会場内にいたのだろう。帰り道もうまく雨をよけて来たようだ。

それに比べて、相楽班の連中の恰好《かっこう》はひどかった。全員、濡れ鼠《ねずみ》だ。おそらく、この雨の中、警備課や地域課の係員たちといっしょに爆弾を探して歩いたのだろう。

制服を着ている係員たちは、雨天装備をしている。だが、刑事は私服だ。おそらく、彼らは下着までずぶ濡れで不快きわまりないに違いない。

相楽もずぶ濡れだ。係長が率先して雨の中、捜索に加わると言い出したら、係員は文句は言えないだろう。しかも、これが顔を合わせたばかりの初仕事となればなおさらだ。

熱血係長に振り回される第二係の係員たちが、少しばかり気の毒になった。

ワイシャツから雫《しずく》をしたたらせながら、相楽が近づいてきた。

「いや、安積さんの言うとおりでした。これで、ようやく臨海署のやり方というのがわかってきましたよ」

本当は、手柄を立てられずに残念がっているのだろう。

これから先、ずっとこの調子でやられるのかと思うと、少しばかり憂鬱《ゆううつ》になってきた。

「何事も、やってみないと気が済まない質《たち》のようだな」

「そう」

相楽はうなずいた。「自分で確かめるのが一番です。刑事ってそういうもんでしょう」

「第二係の連中は、みんなずぶ濡れじゃないか。待機寮に行けば、タオルくらい貸してくれるだろう」

「これくらいのことで音《ね》を上げたりはしないはずです」

本当にそうならいいのだが。

相楽は、自分の席に戻っていった。

雷鳴が遠のき、空が急速に明るくなってきた。雨が小降りになった。

「さて……」

安積は、部下たちに言った。「俺たちは、引き上げるとするか」

3

月曜日からは、引っ越しも一段落して、なんとか通常の勤務に戻れた。それから、二日経つと、署内はすっかり落ち着いた。

どんな入れ物であっても、中身が変わらなければ日常にそれほど変化はない。庁舎が新しくなっても、やることは同じなのだ。

八月十一日水曜日の朝、須田が深刻な表情で安積の席の脇にやってきた。

「どうした？」

「なんか、気になってですね……。その……、チョウさんに相談しようかどうか、ずいぶん迷ったんですが……」

「前置きはいいから、要点を言ってくれ」

「昨夜《ゆうべ》、俺、いつものようにネットをやってたんですよ。習慣でしてね、いろいろなサイトやブログをチェックしないと寝られないんです」

「須田」

「はい」

「あ、すいません。ネット上で、爆破予告が話題になっているんです」

「爆破予告」

「今度の日曜日の、コミックコンベンションという同人誌のイベントです。みんな、略してコミコンって呼ぶんですけどね……」

安積は、眉間《みけん》にしわを寄せた。

「まだ、そんな連絡は来てないな……。それに、爆破予告などは警備課の仕事だ」

「ええ、そうですよね。だから、チョウさんに言おうかどうか、迷っていたんです」

安積は、先日の須田の話を思い出していた。

「この前の日曜日のイベントのときも、爆破予告があった。おまえは、それについては、単なるいたずらだろうと言った。ネット上の、何というか……、感触のようなものでそれがわかるんだったな」

「ええ、そうです」

「今回は、本物のように思えるということか?」

「ええ、その可能性が高いように感じられるんです」

安積は考えた。

先日は、須田の言うとおりだった。

須田の物事に対する嗅覚《きゅうかく》はばかにはできない。そして、こういう場合は無視するとたいてい痛い目にあう。

「課長に話してみる。いっしょに来てくれ」

「え……」

須田が目を丸くした。「俺も行くんですか？」

「ネット上での感触なんてことを、俺が課長に説明できると思うか？」

須田は何もこたえなかった。

榊原課長は話を聞くと、想像どおりの反応を見せた。

まず、理解しがたいという眼で安積と須田を見た。それから、難しい顔になりしばらく考え込んでいた。

「そういう書き込みは……」

やがて、榊原課長は須田に言った。「しょっちゅうあるんだろう？」

須田は、少しばかりしどろもどろの調子でこたえた。

「ええ、その……、けっこうあります」

課長とは長い付き合いだ。だが、相手が課長だというだけで、須田は緊張するらしい。

「……で、おまえは、そういう書き込みをたくさん見ているわけだ」

「ええ、そうですね」

「先日の日曜日にも爆破予告があった。だが、結局はいたずらだった」

安積は助け船を出すことにした。

「その予告についても、私が課長から指示を受ける前に、須田は知っていました。そして、須田はそれをいたずらに過ぎないと思っていたのです」

「なぜだ？」

課長が須田に尋ねた。

「えーと、そうですね。感触というほかはありませんね。予告の書き込みに対する、周りの反応とか……」

「それで、今回は、本物かもしれないと考えているんだな？」

「ええ、そうです」

「だが、根拠はない。そうだな？」

須田は次第にトーンダウンしてきた。

「ええ、根拠はありません」

安積は言った。

「本庁でもすでにキャッチしているでしょう。まだ指示はないのですか？」

「ない」

課長は言った。「指示があるとしても、まず警備課に行くはずだ」

当然そうだろう。安積はそう思いながら、課長を見ていた。

課長はやるべきことにようやく気づいた様子だった。受話器に手を伸ばして、内線にかけた。

「榊原だ。警備課長を……」

しばらく話をしてから、電話を切った。

「警備課では、予告のことを知っていた」

「それで……?」

「いつもと同じようにやると言っていた」

「警備課と地域課から何人か出して、会場の見回りをするということですね?」

「そういうことだろう」

「それでは不足かもしれません」

「俺にどうしろと言うんだ。警備事案だぞ。警備態勢に口出しはできない」

「署長か副署長に進言することはできるでしょう」

「何と言うんだ。部下が、ネットで予告を見て心配しているとでも言うのか? 警察という組織は、根拠がないと動かないんだ」

「須田のことを信じるのなら、言うべきだと思います。いたずらだとしたら、それに越したことはないのです」

「おい、係長。俺は出過ぎたことは嫌いなんだ。そして、部下にも出過ぎたことはしてほしくない」

「惨事を未然に防ぐためです」

「臨海署管内に東京国際展示場ができて、初めて同人誌かなんかのイベントが開かれたときのことを覚えているか？　一九九六年のことだ」

「覚えています」

「あのときは、何もわからずに、来場者の手荷物検査をしようとした。来場者数を甘く見ていたんだ。やってきたのは、二十万人以上だ。二十万人だぞ。会場に入る前にパニックが起きそうだったよ。手荷物検査なんて不可能だった」

「何か方法はあるはずです」

「警備課長に言っておくよ」

話は終わりだという意味だろう。仕方がない。たしかに、刑事課にどうこうできる話ではない。

「わかりました」

安積はそう言うと、課長室を出ようとした。

「この間の日曜の爆破予告をしたやつを、相楽の班が追っている。知っているか？」

初耳だった。

「いえ……」

「本庁のハイテク犯罪対策センターの協力を得ているらしい。それが、刑事の仕事だぞ」

「はい」

課長室を出ると、須田が安積に言った。

「チョウさん、すいません。俺、余計なことを言ったかもしれません」

「そんなことはない。課長は、口ではああ言っているが、今ごろ気になって仕方がないはずだ。きっと、警備課長や副署長に話をするに違いない」

「そうなんですか?」

「課長はそういう人だよ」

「それにしても、相楽がこのあいだの予告犯を追っていたんですね……」

「当然、端緒に触れた俺たちがやるべきだったんだがな……」

課長に指示されれば、安積班が追っていただろう。だが、課長は会場の様子を見に行けと言っただけなのだ。

相楽が進言したのかもしれない。だから、安積班に指示がなかったのだ。

なるほど、班が増えればそれだけ仕事が楽になるということだ。だが、なんだか不愉快な気分になるのはなぜだろう。

席に戻って窓の外を見た。

やはり、違和感がある。窓が広すぎるせいだろうか。

遠方の空に黒雲が見える。このところ、朝晴れていても、必ず雷雨がある。

相楽班は、ほとんど空席だった。爆破予告犯を追って奔走しているのだろう。やる気があるのはいいことだ。やらせておけばいい。

安積は、今度の日曜日のことが気になっていた。

何かできることはないだろうか。真剣にそれを考えていた。だが、強行犯係は安積を入れてたった五人だ。安積たちだけでは何もできない。

「おい、村雨」

安積は声をかけた。村雨が顔を上げる。

「何でしょう？」

「さっきの須田の話、聞いていたな？」

「ええ。爆破予告のことですね？」

「何かできることはないか？」

「警備課に任せるしかないでしょう」

実にあっさりとしたこたえだった。どうして俺は、村雨に声をかけてしまったのだろう。少しばかり後悔していた。こたえは予想できたのだ。

「ただ……」

村雨が言った。安積は、一度そらした視線を村雨に戻した。「須田の話を警備課長に聞かせるべきかもしれませんね」

「耳を貸すと思うか？」

「係長が行けば、話を聞くと思いますよ」

どういう意味だろう。

「なぜそう思うんだ？」

「係長を信頼しない者は、署内にはいませんよ」

村雨が、安積のことをそんなふうに見ているというのは意外だった。

いずれにしても、買いかぶりだろう。だが、須田を連れて警備課長のところに行くというのは、悪い案ではないような気がした。

「組織上、問題はないかな……」

安積は言った。そういうことに関しては、村雨は誰よりも頼りになる。

「一度、榊原課長に話を通したんでしょう？　ならば、問題ないでしょう。正式に何かを要請するわけじゃないですし……」

この言葉は心強かった。

「よし、須田、今度は警備課長のところだ」

「わかりました」

須田は、緊張を顔に滲《にじ》ませて立ち上がった。そのとき、出入り口のところで、大きな声がした。

「確保、確保」

安積は、そちらを見た。相楽班の捜査員だった。

「爆破予告をした犯人の身柄を確保しました。岡山県在住の二十歳のフリーターです」

相楽が立ち上がり、大声で応じた。

「やったか。ごくろう」

相楽がちらりと安積のほうを見たような気がした。

そんな手柄などくれてやる。

安積は、もう一度須田に言った。

「行くぞ」

警備課に向かいながら、安積は自問していた。

俺は、相楽に対抗心を煽《あお》られているのだろうか。威力業務妨害の被疑者を確保したのだ。東京湾臨海署の刑事課としては喜ぶべきことだ。

だが、妙な苛立ちを感じていた。

そんなことを気にしているときじゃない。これから起きることが重要なんだ。

安積は、そう自分に言い聞かせて足早に廊下を進んでいた。

4

警備課までやってくると、まず警備係長の姿が眼に入った。土井正治《どいまさはる》、階級は安積と同じ警部補だ。だが、年齢は安積より三歳若かったはずだ。

警備畑を歩んできただけあって、鍛え上げられたいい体格をしている。四十歳を過ぎても体形を保っている。

警備課長と話をしようと思ってやってきたが、係長を飛び越えて課長に会いに行くのは問題かもしれないという気がしてきた。

安積は、まず土井に声をかけることにした。

「ちょっと、話があって来たんだが……」

土井は、書類から顔を上げて不思議そうな顔をした。

「電話で済まないような込み入った話か?」

土井は、新たに着任した係員の経歴に眼を通していたようだ。刑事課同様、警備課も人員が増強された。

「東京ビッグサイトのイベントに対する、爆破予告があった」

「聞いている。今度の土日のコミコンだろう。それがどうかしたか？」

「どうやら本物臭い」

土井はしばらく安積を見つめていた。何を言っていいのかわからない様子だった。いつまでも彼を戸惑わせているわけにもいかない。安積は、説明した。

「須田がネットで、その爆破予告を見つけた。彼によると、いたずらではない可能性がかなり高いということだ」

「待ってくれ」

土井は、相変わらず混乱した様子で言った。「予告がネットに書き込まれていたという話も知っている。須田が見つけたって？　たまたま見つけただけなのだろうが、こちらは、そういう情報を、ビッグサイトで派手なイベントがあるたびに入手するんだ。ネットに面白半分に書き込むやつってのは、意外なほど多いんだ。そのたびに振り回されてちゃ、警備課はもたないんだよ」

「須田は、たまたま予告を見つけたわけじゃない。彼も、おそらくこれまでのほとんどの予告をネット上で実際に目撃している」

土井は須田を見た。須田は、居心地悪そうにちょっとだけ身じろぎをした。

「そうか、須田は、パソコン・オタクだったな」

土井は言った。「だが、この間の日曜日のことを思い出してみろ。模型のイベントだ。やはり爆破予告があったが、実際には何も起きなかった」

「須田によると、今回の予告は、この間のとはちょっと違うらしい」

「どういうことだ？」

「ネットへの書き込みの仕方で、本物かそうでないか、だいたい見当がつくんだそうだ」

「おい……」

土井は、あきれたような顔になった。「まったく刑事ってのは、しょうがないな……。だいたい、爆破予告ってのは警備事案だろう。刑事がどうして首を突っ込んでくるんだ？　まあ、焦る気持ちはわかるがな……」

何のことだろう。

「焦る？　俺がか？」

「相楽が、来て早々に手柄を立てたそうじゃないか。それも、同様の爆破予告犯だ。何でも、本庁のハイテク犯罪対策総合センターと連携して捜査をしたんだそうだな」

なるほど、それで俺が、同じ爆破予告で手柄を立てようと焦っていると考えたわけか……。

安積は、面白くなかったが、ここでへそを曲げるわけにはいかない。

「こういう言い方をすると、どう思われるかわからんが、私は相楽のことを何とも思っていない。コミコンの爆破予告の話をしに来たのは、純粋に被害を最小限に食い止めたいからだ。俺は、須田を連れてこの話を警備課長にしに行くつもりだが、どう思う？」

とたんに土井は慎重な顔つきになった。

「追い返されるのがオチだぞ」

「とにかく、やってみるさ」

土井はしばらく考えていた。安積は、彼が何か言うまで待つことにした。沈黙は、思いのほか長かった。やがて、土井が言った。

「わかった。ちょっと待っててくれ」

土井が立ち上がり、課長室に行った。安積はその場に立ったまま、それを黙って見ていた。

須田が言った。

「チョウさん、俺、何だか自信がなくなってきましたよ」

「それは、今度の爆破予告が本物だってことに自信が持てなくなったってことか？」

「いえ、そうじゃありません。警備課長にちゃんと説明できるかどうか、です」

「できることだけをやればいい。それ以上は求めない」

それは本音だったが、須田はそれでも安心できない様子だった。

土井が課長室の戸口で、安積に手招きをした。

「行くぞ」

安積は、須田に言ってから歩きだした。

課長室に行くと、警備課長は、電話をかけていた。あまり機嫌がよくなさそうだ。相手が誰だかわからないが、警備課長は今にもその人物を怒鳴《どな》りつけそうな感じだった。

結局、警備課長の忍耐力がちょっとしたものだということを証明することになった。怒鳴ることなく、電話を切ると、安積に言った。

「よう、ハンチョウ。話があるんだって？」

警備課長の名は、下沢義次《しもざわよしつぐ》。安積より少し年上の警部だ。髪をスポーツ刈りにしている。その短い髪に少しだけ白いものが混じっている。柔道が得意な猛者《もさ》だ。土井同様に体格がいい。だが、残念なことに年齢には勝てず、本人は少々太りすぎなのを気にしていた。

「爆破予告です。須田がネットで見つけました」

下沢警備課長は、顔をしかめた。

「大きなイベントのたびに、そういう知らせが入る。俺たちはどうするか知っているか？」

「警戒態勢を取るのでしょう？」

下沢はかぶりを振った。

「その振りをするだけだ。本当に警戒態勢を敷いていては、東京湾臨海署は麻痺《まひ》しちまう」

「振りをする……？」

「別に仕事をサボってるってわけじゃないよ。本当に、爆弾に対する警戒態勢を取るってのは、どういうことかわかるか？」

安積は、考えた。

「まずは、来場者を全員避難させなければならないでしょうね。その上で、爆弾を探し、発見したら、爆発物処理班などに任せる……」

「そういうことだ。だが、来場者を避難させるというのは、言うほど簡単じゃない。爆破予告のたびに、イベントをつぶすわけにはいかないんだ。だから、警戒態勢の振りをする。係員を動員して見回りをさせる。実際に、不審物を捜索しているのだが、本来の意味での警戒態勢とは程遠い。それが、実情なんだ」

「私がわざわざこの話をしに来たのには理由があります」

下沢課長が尋ねた。

「その理由というのは？」

土井がちらりと須田のほうを見た。須田はその視線に気づいたらしく、顔を赤くした。緊張のせいだろう。

安積はこたえた。

「須田が言うには、今回の爆破予告は、これまでのものとはちょっと違うようです」

下沢課長が須田を見た。とたんに、須田が一回り小さくなったように感じられた。

「どういうことか、説明してくれ」

下沢課長に言われて、須田は話しはじめた。

「えーと、ネット上の書き込みってのは、虚実入り乱れていてですね、信じればバカを見るし、疑えばきりがない。そうかと思うと、無視すれば、意外に重要な情報だったりするわけです」

下沢課長は、少しばかり眉《まゆ》をひそめた。

「そんなのはネットの世界だけの話じゃないだろう。世の中そんなものだ」

須田は必死だ。

「その現実社会を凝縮したのが、ネットの社会なのです。長年ネット社会の住人をやっている者たちは、嗅覚が鋭くなっていって、いたずらの類《たぐい》と、本気の書き込みをなんとなく区別できるようになります。今回の書き込みは、その書き方といい、選んだ掲示板といい、本気だと思えるのです」

下沢課長は、じっと須田を見たまま、しばらく何事か考えている様子だった。須田は、顔に汗を浮かべていた。助けを求めるように安積のほうを見た。

安積が発言しようとしたとき、下沢が先に言った。

「このところ、毎日のように夕方になると降りだす豪雨は、ゲリラ豪雨と呼ばれているらしい」

突然話題が変わって、安積は面食らった。

「それは知っています」

「ゲリラ豪雨による被害が、都内でも起きている。うちの署の管内も他人事《ひとごと》ではない。水の災害には充分に注意しなければならない。それは、我々警備課の仕事でもある」

ようやく話が見えてきた。つまり、警備課はゲリラ豪雨のせいもあって、手一杯だと言いたいのだ。

「おっしゃりたいことはわかります」安積は言った。「しかし、もしコミコンで実際に爆破が起きたらとお考えにはならないのですか？」

「俺は、感覚が麻痺しているのかもしれない。どうも、そういうふうに考えることができないんだ」

「狼《おおかみ》少年の教訓を思い出すべきですね」

「最後まで嘘《うそ》とは限らないということだな？　わかっている。だが、コミコンの来場者を会場から締め出すわけにはいかないんだ」

安積は、無力感を覚えた。

「せめて、不審物の捜索にはいつも以上に慎重になっていただきたいと思います。私が申し上げたいのはそれだけです」

下沢課長は、しばらく無言で安積を見つめていた。判断に苦しんでいるようだ。こちらが一歩引いた形になったので、かえって気になりはじめたに違いない。責任を感じはじめたということだ。

しばらくして、下沢課長が言った。

「人員が余っているわけではない。だが、知ってのとおりわが署は増員されたばかりだ。何人か専従で付けられると思うが……」

土井に尋ねた。「どう思う？」

土井は、曖昧《あいまい》な表情になった。

「応援を求めるべきだと思いますね。本当に爆弾が仕掛けられる恐れがあるのだとしたら、所轄だけでは手に負えませんよ」

下沢課長は、その言葉に何度かうなずき、受話器に手を伸ばした。

内線で、警務課にかけた。副署長に話があると伝えた。おそらく、本庁に応援を求める相談だろう。こういう場合、当然署長名で要請をすることになる。その段取りをするのは副署長だ。

副署長という言葉に、安積はふと違和感を覚えた。これまで東京湾臨海署には、副署長がいなかった。引っ越しと大幅な増員に伴い、新たに副署長が着任したのだ。

電話を切ると、下沢は安積に言った。

「俺は、これから警備課の態勢を考える。刑事課も考えてくれ」

「刑事課が……?」

「予告をネットに流しただけでも、威力業務妨害になる。本当に爆弾が仕掛けられたら、傷害未遂罪と殺人未遂罪だ。もし、爆発が起きてしまったら、激発物破裂罪に爆発物使用罪、そして傷害罪。最悪の場合は殺人罪ということになるだろう。れっきとした刑事事件じゃないか。それに、言い出しっぺはあんただ、安積さん。俺たちだけに押しつけるなんてことはしないよな」

安積は、そっと溜め息をついた。

こうなることは予想できた。そして、逃げるわけにはいかないことも百も承知だった。

「わかりました」

安積は言った。「こちらでも、それなりの態勢を組みます」

下沢課長は安積にうなずきかけた。

話は終わりだ。礼をして課長室を出ようとした。背後から下沢の声が聞こえた。

「ハンチョウ、相楽なんかに負けるなよ」

5

さっきまであんなに緊張していた須田が、刑事課に戻る頃には妙に上機嫌になっていた。おそらく、下沢課長の最後の一言のせいだろうと思った。

安積は須田に言った。

「何も言うな」

「なんです、チョウさん」

「相楽についてだ。俺は、本当に気にしてなどいないんだ」

「わかってますよ。俺、別に何も言うつもりはありませんよ」

須田はにやにやしている。

安積は、また溜め息をついた。

席に戻ると、村雨に言った。

「おまえと桜井は、急ぎの事案はあるか?」

「事案はどれも急ぎですよ」

村雨は言った。「ですが、後回しにできないわけではありません」

最初の一言が余計だと思ったが、何も言わなかった。

「須田、おまえたちはどうだ？」

「だいじょうぶですよ。コミコンですね？」

村雨が怪訝《けげん》そうに須田を見た。

安積が説明した。

「須田が言ったとおりだ。今度の土日に、東京ビッグサイトでコミコンというイベントがある。須田、どの程度の規模なのか説明してくれ」

須田は、しかつめらしい表情で言った。

「サークル参加者、つまり出展者はおよそ三万グループ、一般客は延べ五十万人以上の来場が予想されています」

「そのイベントに対して、ネット上で爆破予告があったことは、先ほど須田が説明した。警備課に話をしたところ、それなりの態勢を整えるから、俺たちにも手伝えと言われた。こちらは言い出しっぺだから断るわけにはいかない」

村雨が尋ねた。

「全員で警備に当たるということですか？」

「警備じゃない。威力業務妨害の捜査だ。場合によっては、傷害や殺人の捜査になりかねない」

村雨が異を唱えるのではないかと、警戒していた。だが、意外にもあっさりと承諾した。

「了解しました。傷害や殺人となるような事態は避けたいですね。混雑したイベントなどでは、二次災害も心配です」

「そちらは、警備課に任せるさ。警備課は、本庁の助力をあおぐと言っていた。我々の役割は、爆破予告をした犯人をできるだけ早く割り出すことだ」

村雨はうなずいた。

安積は須田に言った。

「ネット上から犯人を割り出すことはできないのか？」

「いたずら程度ならIPアドレスから人物の特定は不可能ではないでしょう。実際に、相楽班は、ハイテク犯罪対策総合センターの協力を得て、犯人を特定しましたからね。でも、本気で爆破予告をするようなやつは、IPアドレスを偽装している恐れがあります。特定は難しいでしょうね」

安積には理解できなかった。もちろん、IT犯罪が増え、IPアドレスという言葉を聞いたことはある。研修を受けたこともあるが、理解には程遠かった。

須田の話が続いた。

「最近は、IPアドレスを十分くらいの間隔で変化させながらインターネットに接続するブラウザが登場しています。こういうのを使われるとちょっと面倒ですね」

「何もインターネットに頼ることはありませんよ」

村雨が言った。「本当に爆弾を仕掛けるのなら、会場に来なければならないわけでしょう？　不審者と不審物に充分注意すればいい。それは、我々の得意分野です」

彼の言うとおりだ。

どうしても、ネット関連の事件というと、妙に構えてしまう。

「だが、今のところ犯人の痕跡《こんせき》があるのは、ネットだけだ。これが手がかりであることは間違いない。私たちも、相楽班を見習ってハイテク犯罪対策総合センターに協力してもらう手があるかもしれない」

そう言いながら、それはなかなか簡単でないだろうと思っていた。ハイテク犯罪対策総合センターは、このところワンクリック詐欺やフィッシングといったネットを使った詐欺事件の捜査や、青少年に悪影響を与えるサイトへの対応に追われている。

そういった仕事で忙しく、所轄のことまで手が回らないと言われるかもしれない。爆破予告となれば大事《おおごと》だが、それは本当の予告の場合であって、これまでネット上では何度も同じようなことがあり、そのほとんどがいたずらに過ぎなかった。

相楽は、つい先日まで本庁にいたので、ハイテク犯罪対策総合センターに個人的なコネがあるに違いなかった。警察ではそういうものが意外と役に立つ。

いずれにしろ、本庁の協力をあおぐとなれば、係長に過ぎない安積の役目ではない。課長に頼んで、副署長か署長を動かしてもらうことになる。

署長の野村武彦《のむらたけひこ》は、五十五歳の警視で、なかなかの野心家だ。

かつて、安積が神南署にいた頃、野村署長は方面本部の管理官だった。一度閉鎖された東京湾臨海署が、湾岸地区の開発によって再開されることになったとき、野村が安積を引っ張ったという経緯がある。

野村は自分を買っているのだという自覚があった。買いかぶっていると言ったほうがいいかもしれないが……。

野村署長なら、安積の要求にこたえてくれるかもしれない。問題は、副署長だった。

警察署に副署長がいないというのは異例のことだ。所轄の実権を握っているのは、たいていは副署長なのだ。副署長は、次長とも呼ばれ、署のスポークスマンの役割を担っている。記者たちは、たいてい次長席に詰めるのだ。

野心家の野村署長は、これまで副署長がいなかったので、自らが署の実権を握り、記者にも対応してきた。だが、さすがに今回、東京湾臨海署の規模が大きくなり、副署長を置かざるを得なくなった。

あらたに着任した副署長は、本田《ほんだ》喜信《よしのぶ》。五十一歳の警視だ。警備・公安畑を歩んできた切れ者だという。

安積はまだ話をしたことがなかった。部下に気軽に声をかけるというタイプではなさそうだった。

副署長に用があるときは、警務課長を通さなければならない。そういう段取りが必要な相手だ。村雨あたりが気が合いそうだと思っていた。

安積は、野村署長になら直接話ができる。これまでの東京湾臨海署なら、それで話が済んだ。だが、本田副署長は、新たな垣根になっていて、署内の見通しがずいぶん悪くなったように感じられた。

それも、増員増強の副産物だ。仕方がない。物事、いい面もあれば悪い面もある。

村雨が言った。

「地域課の協力も必要ですね。東京ビッグサイトの周辺の警戒を強めて、不審者の発見につとめるべきです」

「そうだな……」

安積は、再び榊原刑事課長と話をする必要を感じた。同じ用件で何度も訪ねたくはない。だが、係長に過ぎない安積が署全体を動かすことはできない。

署長の力が必要であり、かつての小さな東京湾臨海署でなくなった今、課長から副署長へ、そして、副署長から署長へという段取りが必要なのだ。

安積は、そういう組織のあり方に息苦しさを感じていた。

課長に内線電話をかけようと思っているところに、相楽がやってきた。

「例の爆破予告犯の身柄が、今日中に到着します」

安積は、怪訝に思って尋ねた。

「なぜ、そんなことを私に言うんだ？」

「話を聞いてみますか？」

「私が？　なぜだ？」

「今度の土日のイベントに、爆破予告があったんでしょう?」

「そのとおりだが……」

「被疑者には、余罪があるはずです。追及すれば、そっちの予告騒ぎとつながるかもしれません」

こちらの予告騒ぎとつながるって……。それはどういうことだ。

安積はしばらく考えてから言った。

「私が話を聞く必要はなさそうだ」

相楽は満足そうにうなずいた。

「では、私が取り調べをします。コミコンの予告について詳しく教えてください」

安積は、ようやく相楽が何を言いたいか気づいた。

「つまり、あんたらが身柄拘束した被疑者が、コミコンの予告もしたのだと言いたいのか?」

「その可能性は充分にあります。両方ともオタク対象の大きなイベントという共通点があります」

あまりに強引な推論だと安積は感じた。だが、それを言ってみたところで、相楽は耳を貸しそうになかった。手柄を上げたことで勢いづいている。

安積は、少しばかりあきれる思いで尋ねた。

「時間的に可能なのか?」

「コミコンの爆破予告ですか？　須田君が、ネット上で爆破予告を見つけたのが、昨夜のことでしょう？　身柄確保が今朝の九時四十分ですから、充分に可能ですね」

「なるほど、その点については納得できるが、そっちの被疑者が、こちらの予告の犯人とは思えない」

相楽は議論を面白がっているような顔をしている。

「どうしてですか？　身柄確保された被疑者は、ネット上に爆破予告の書き込みをしていた。コミコンの爆破予告もそうでしょう。こういういたずらをするやつは、何件も続けてやるもんなんですよ」

「そうかもしれないが……」

「わかっています。予断は禁物だと言いたいのでしょう」

そんなわかりきったことを言いたいわけではなかった。だが、反論はしなかった。

相楽は、着任したばかりで張り切っている。さっそく手柄を立てたのだから、今のところ、それがいいほうに出ていると言える。

ただ張り切っているだけならいい。安積班に対する異様なほどの対抗意識を感じる。いや、安積個人に対する意識かもしれない。

その気持ちが空回《からまわ》りして、失敗をしでかさなければいいが。安積は、そんな心配をしていた。

「とにかく……」

安積が黙っていたので、相楽が言った。「詳しい話を聞きたいですね。それをもとに、被疑者を叩《たた》いてみますから」

「本当に叩いたりするなよ」

「わかってますよ。言葉のアヤです」

本当にそうならいいが……。

「おい、須田」

安積が声をかけると、須田がことさらに目を丸くして顔を上げた。

「何です、チョウさん……」

相楽が反応した。

「チョウさん……？　係長を部長刑事呼ばわりですか？」

安積は顔をしかめたくなった。

「いいんだ。あいつは昔からそう呼んでいるんだ。係長のチョウだと思えばいい」

相楽は、何も言わなかったが、納得した様子だとは言い難かった。安積は、須田に命じた。

「相楽係長に、コミコンの爆破予告について、詳しく説明してくれ」

「わかりました」

立ち上がった。

相楽が言った。

「私の席で聞こう」

ここで話を聞けばいいものを……。そう思ったが、安積は黙っていた。

須田は、落ち着かない表情で相楽について行った。相楽が、強行犯第二係の係長席に腰を下ろし、須田は立ったまま説明を始めた。

そういうことか、と安積は思った。

ここで須田の説明を聞くと、二人とも立ったままということになる。相楽は、優位を保てないと考えたのではないだろうか。自分の席に行けば、自分は着席し、相手を立たせたまま話ができる。

そんなふうに、どうでもいいことにこだわりそうな男だった。

何か忘れているような気がした。相楽が来る前に、何かをしようとしていたはずだ。

しばらく考えてから村雨に言った。

「相楽が来る前、何の話をしてたっけな?」

「東京ビッグサイト周辺の警戒態勢の話です。地域課にも協力を要請する必要があると……」

「そうだったな……」

課長にもう一度会いに行こうと考えていたことを思い出した。

電話をかけて、面会を申し込むと、課長はうなってから言った。

「なんだか面倒くさいな。いちいち電話なんかいいよ。引っ越し前みたいに、直接訪ねて来てくれ」

同感だった。

課長室に行き、開いているドアをノックした。

「入ってくれ。内密の話ならドアを閉めてくれ」

その必要はないと思ったので、開けたままにしておいた。

「先ほどの話です」

安積が言うと、榊原課長は一瞬だけむっとした表情になった。一度済んだ話を蒸し返されるのは嫌なものだ。

「爆破予告か？」

「警備課長とも話し合いました」

これも、榊原課長にとっては面白くない話に違いない。頭越しに話をしたと思われかねない。

課長がどう思おうと、話すべきことは話しておかなければならない。でないと、後々もっと面倒なことになるのだ。

「下沢は何と言っていた？」

「警備課では、本庁に助力を要請するなどして、それなりの態勢を組むとのことです」

「私が電話したときと同じだ」

ちょっと皮肉な口調だった。やはり、安積が警備課長に会いに行ったことが不満らしい。

「我々も手を貸せと言われました」

「それで、どうする？」

「爆発物は警備課の事案ですが、爆破予告でイベントの妨害をしたということになれば、刑事事件です。イベントの規模を考えますと、もし本当に爆発が起きたら大惨事となります。その場合、威力業務妨害どころの騒ぎじゃなくなります」

榊原課長は、しばらく安積を見つめていた。やがて、言った。

「それはわかる。具体的にどうする？」

「うちの班も、今日から警戒態勢に入ります。会場内と付近の見回りをして、不審者や不審物の発見につとめます。必要があれば、交替で二十四時間の張り込み態勢を取ります」

課長は溜め息をついた。

「それで、俺にどうしろと言うんだ？」

「地域課の協力が必要です。パトロールの強化です。それを副署長に申し入れてもらえませんか？」

課長は不機嫌な表情のまま言った。

「いいだろう。当然の措置だ。それだけか？」

「ネット上に予告がありました。本庁のハイテク犯罪対策総合センターの助けが必要です」

課長は、再びしげしげと安積を見た。

「なあ、係長。あんたとは長い付き合いだ。あんたがどんな男かも知っている。言い出したら後には引かない。それで実績を上げてきた。だから、仕事の内容についてはあまり口出ししたくない。だが、今回だけは一言、言っておく」

「何でしょう」

「相楽のことを気にして焦っているのだったら、おまえさんらしくないぞ」

また、相楽か……。

「私は、相楽のことを気にしてはいません。気にしているのは周囲のほうです」

「本当にそう言い切れるか？　相楽が手柄を上げたから、同様の事案に固執しているんじゃないのか？　ハイテクセンターのこともそうだ。相楽は、ハイテクセンターの協力で被疑者を挙げた。それで、おまえさんもそれを真似《まね》してみようと思ったんじゃないのか？」

ハイテク犯罪対策総合センターという呼称が長ったらしいので、課長は、「ハイテクセンター」と呼んでいる。安積もそれにならうことにした。

「相楽のことは関係ありません。須田が、ネット上で、爆破予告を見つけたんです。ハイテクセンターに協力をあおぐのは当然のことでしょう」

榊原課長はしばらく考えていたが、やがてうなずいた。

「言いたいことはわかった。考慮しておく」

「地域課の件は、緊急を要します」

「わかっている。だが、副署長というのが、なかなかのタマでな……。話をするのにちょっと骨が折れる。係長、会ったことあるか？」

「まだ、話をしたことはありません」

「係長が話をすることは、今後もあまりないだろうな」

つまり、課長以上としか話をしないということだろう。警察には、権威主義者が多い。秩序を保つために、ある程度の権威付けは必要だ。階級はそのためにある。だが、過剰な階級意識や権威主義はマイナスに働くだけだ。

「私たちは、すぐにでも動き出します。何とか地域課とハイテクセンターのほうをお願いします」

「地域課のほうは何とでもなるだろう。ハイテクセンターのほうは難しいかもしれないぞ。相楽の件があったからな。同じ所轄からの要求にそう何度も快くこたえてくれるとは限らない」

「わかっています。それでも、要請すべきだと思います」

榊原課長は、溜め息をついてからうなずいた。

安積は、礼をして課長室を出た。

6

　席に戻ると、すぐに電話が鳴った。下沢警備課長からの内線電話だった。

「ハンチョウか？　本庁に応援を頼んだが、人員は割《さ》けないと言ってきた」

「爆発物処理班も出ないのですか？」

「いざとなったら出てくるだろう」

「いざというのは、どういう時です？　爆弾が発見されてから出動したのでは遅いでしょう」

「爆弾の信憑性《しんぴょうせい》がもう少し高まれば、出動待機ということになるだろう。そう、信憑性だよ。本庁では、やはりその点を問題にしている。前回の予告はいたずらだった。その事実も大きい」

「応援はなしということですか？」

「いや、本庁警備部所属の人員が東京湾臨海署の別館にいる。その連中が来てくれるということだ」

「特車二課とかいう連中ですか？」

「そうだ」

「何人くらい来てくれるんです？」

「特車二課には、二小隊しかいない。小隊長を含めて一小隊四人という編成らしいから、全員が来たとしても八人だな」

「一小隊四人……」

安積は驚いた。そんな編成は、警察組織内で聞いたことがない。

例えば、機動隊では、一小隊は、小隊長と伝令を含めて三十五人という編成だ。一小隊は、三分隊から成る。一分隊は、分隊長と伝令を含めて十一人だ。

特車二課の一小隊は四人。これは、機動隊の分隊にも満たない。きわめて異例だ。

だが、問題は、組織上の異例さではない。最大でたった八人しか応援が来ないということだ。

「いちおう、知らせておこうと思ってな」

下沢警備課長が言った。「そっちの態勢は？」

「今日からかかれます。必要があれば、二十四時間態勢も取れます」

「日勤の刑事がそこまでやることはない。そういう警備態勢は警備課に任せてくれ。不審物の捜索と、犯人の割り出し。それが刑事の仕事だろう」

「了解しました」

電話が切れた。

強行犯第二係は活気づいていた。

相楽は余罪を追及し、あわよくば安積班の事案と結びつけようとしている。手柄を独り占めしたいのかもしれない。

そんなことは、どうでもよかった。手柄など好きなだけくれてやる。問題は、本当に爆発が起きるかどうかだ。

もともとが須田の発言だったというのが、どうしても気にかかる。須田は見かけのせいで周囲から誤解されやすい。のろまで頭の回転までのろいと思われがちだ。

だが、彼は人一倍鋭い洞察力を持っている。そして、妙なツキがあるのだ。

つまずいて転んだところに、重要な犯人の遺留品が落ちていたりする。

安積は、須田の言うことは決して無視できないと考えていた。

誰もが、東京ビッグサイトで開かれるイベントでの爆破予告など話半分に聞いている。

これまで、幾度となくいたずらが繰り返されてきた。

「係長」

村雨が声をかけてきた。「今日から今度の土日までの東京ビッグサイトでの催しを調べました。今日まで、昨日からの冷凍食品関係の展示会、明日からは、二日間にわたり寝具関係の展示会です」

村雨の仕事にはそつがない。

「いずれも、一般客が入場できるのだな？」

「できます」

「そして、冷凍食品関係の展示会も、寝具関係の展示会も、爆破の予告などないから、特に警戒はしていない……」

「そういうことですね。入場者の荷物検査などはしていないはずです」

「何も、コミコンの当日に爆弾を仕掛ける必要はないわけだ。事前に、時限爆弾を仕掛ければ済む」

安積がそう言うと、須田が二係のほうを気にした様子のままで言った。

「どうでしょうね……」

「どういうことだ？」

須田は、はっと安積のほうを見た。

「いえね、チョウさん……。事前の催しに紛れ込んで爆弾を仕掛けるというのが、なんだか現実味がなくてですね……」

「現実味がない……？」

「ええ。時限装置ですよ。時限装置というのは、長時間になればなるほど仕組みが難しくなってくるんです。特に二十四時間を超えると、時計や簡単なタイマーを利用した時限装置では役に立ちません」

「なるほど……」

安積は考えた。「だが、相手がもし専門的な知識を持っているとしたら、どうだ?」

須田は真剣な表情になった。

「その可能性はないとは言えないですが……」

「なんだ? 何か言いたいことがあるなら、はっきりと言え」

「そんな相手なら、爆破を防ぐのは容易なことじゃありませんよ」

安積は思わず言葉を呑《の》んだ。

たしかに、須田の言うとおりだ。爆発物について専門的な知識があるということは、かなり特殊な人物ということになる。時限爆弾を作れるということは、土木関係の発破などとはまた違う技術を修得しているということになる。

つまり、プロのテロリストということも視野に入れなければならない。そうなると、当然、素人《しろうと》相手の警戒態勢ではとてもではないが太刀打ちできない。

だが、プロのテロリストが、同人誌を売り買いするイベントに爆弾を仕掛けるというのがぴんと来ない。

須田も同じことを考えているようだった。

「二十四時間を超える時限爆弾を作るのは技術的にもコストの面でもたいへんなんです」

村雨が眉をひそめて言った。

「時限爆弾ではなく、無線で起爆するような装置はどうだ?」

「可能性はなくはないけど、そっちのほうがコストがかかるよ」

村雨がさらに言う。

「コストなど度外視するかもしれない。犯人はとにかく、騒ぎになればいいんだろう?」

須田が、目を丸くした。

「動機はまだわかっていないよ」

「こういうの、愉快犯と相場が決まっているだろう」

この発言は村雨らしくないと、安積は思った。いつもは慎重な男だ。おそらく、予告犯が本気だとは思っていないのだろう。

須田が言った。

「タイマーなんかを使用して爆発する、比較的簡単な爆発物を、直前に仕掛けるというほうが、現実的だと思うんですけど……」

安積は、時計を見た。午前十一時になろうとしていた。

「とにかく、現場に行ってみよう。警備課は、会場の警備担当者と話し合っているはずだが、我々も、話を聞く必要があるだろう」

須田が窓の外を見て言った。

「雨具を持って行ったほうがよさそうですね」

安積も外を見た。先ほどまで薄日が差していたのだが、いつの間にか空が黒雲に覆われている。

いつもの雷雨がやってくるに違いない。まったく、熱帯か亜熱帯のスコールのようだ。

須田と黒木は、ビニールの雨合羽《あまがっぱ》を用意しているようだ。たしかに、傘より合羽のほうが実用的かもしれない。

出かける準備をしていると、机の上に置いてあった携帯電話が震動した。

娘の涼子《りょうこ》からだった。

「どうした？」

思わず、そう尋ねていた。

安積は離婚して、涼子は別れた妻と暮らしている。日常的に連絡を取り合っているわけではない。

突然電話が来たりすると、何かあったのかと思ってしまう。

「久しぶりに娘が電話してるのよ。もっとましな挨拶《あいさつ》はないの？」

笑いを含んだ娘の声が、耳にくすぐったい。

「元気か？」

「元気よ。ちょっと訊きたいことがあって……」

「なんだ？」

「東京ビッグサイトって、お父さんの署の管轄でしょう？」

「そうだ」

安積は、妙な胸騒ぎを覚えた。

「コミコンに、爆破予告があったって、本当？」

「どうしてそんなことを訊く？」

「友達がサークルやってて、コミコンに出展するのよ」

「友達……？」

「大学の友達」

そうか、涼子は大学に通っているのだった。連絡をもらうたびに戸惑う。安積の中では、まだ小学生の印象のまま時間が止まっている。

「ねえ、本当に爆破の予告があったの？」

「本当だ。できれば、会場には近づかないほうがいい」

「そうはいかないわ。この日のために、原稿を書いて印刷して製本して……。たいへんなのよ。申し込んだすべてのサークルが出展できるわけじゃないんだし。くじ引きなんだから……」

「まさか、おまえも行くんじゃないだろうな」

「売り子を頼まれてるの。日曜の朝から行かなきゃならないの」

「行かないほうがいい」

安積は、後頭部をぎゅっとつかまれるような不安を覚えた。

「そういうわけにはいかないの」

「今回の爆破予告は、ただのいたずらじゃないかもしれない。危険なんだ」

しばらく沈黙があった。

「でも、いたずらかもしれないんでしょう?」

「いたずらでない可能性のほうが高い」

「でも、友達を裏切れないわ」

「友達に、出展を諦《あきら》めるように言ったほうがいい」

「とんでもない。彼女たちにしてみれば、コミコンの当日がすべてなのよ。そんなこと、言えない」

「命より大切なものなどない」

「そういう話は、今の彼女たちには通じないわ」

「当日、会場には近づいちゃだめだ」

「そうはいかないの。ねえ、お父さんたちが爆破を防いでくれればいいんじゃない」

「そのように最大限努力するが、力が及ばないこともある」

「そんな頼りないことを言ってほしくない。決して爆発などさせないって言ってほしい」

「言いたいが、それはできない。嘘がつけないんだ」

「わかった。気をつけるわ」

「気をつけるだけではだめなんだ。会場に近づいちゃいけない」

「それはできない。大切なことなの。じゃあ、もう切るわね」

電話では説得できそうにない。

激しい苛立ちを覚えたがどうすることもできない。

「危険なんだ。よく考えてくれ」

「わかった。また連絡するね」

電話が切れた。

須田が、気がかりな様子で、安積のほうを見ていた。村雨も、机の上の書類を見ているが、今の電話の内容を気にしているのは明らかだった。

安積が何も言わずにいるので、須田が声をかけてきた。

「チョウさん、今の電話、娘さんからですか？」

「そうだ。友達がコミコンに出展するんで、その手伝いをやりに行くと言っていた」

「どっち？」

「どっちです？」

「土曜日か日曜日か……」

「日曜日だと言っていた」

「入場者数は、日曜日のほうが多い。騒ぎを大きくしようと思ったら、犯人は、日曜日のほうを狙《ねら》うでしょうね」

この言葉に、村雨、黒木、桜井の三人が即座に反応した。村雨が言った。

「おい、縁起でもないことを言うな」

須田は平然とこたえた。

「可能性の問題だよ。俺たちは、事実から眼をそらすわけにはいかないんだよ。希望的観

る。

いつものおどおどした須田ではなくなっていた。須田は、しばしばこうした変貌《へんぼう》を見せる。

彼の頭脳が本格的に回転しはじめたことを意味しているらしい。

どちらが本当の須田なのか、付き合いは長いが、いまだに安積にもわからなかった。

「現場へ行こう」

安積は言った。「警備課の現場担当者と役割分担について詳しく打ち合わせる必要もある。会場側の警備担当者の話も聞かなければならない」

「とにかく、爆発を未然に防ぐことですね」

須田が言った。村雨がうなずく。

「事前に、犯人を特定できて、身柄を確保できれば一番なんだが……」

「俺たちだけじゃ難しい」

須田が言った。「ハイテク犯罪対策総合センターが、ネット上で犯人を追っかけてくれれば何とかなるかもしれないけどね……」

安積は言った。

「そっちは、課長や副署長に任せるしかない」

係員たちがうなずいて、出かけようと立ち上がったとき、速水が近づいてくるのが見えた。

「また爆破予告だって？」

「ああ、それで今から出かけるところだ」

「特車二課も出るらしいな」

安積は驚いた。

「いつも不思議に思うんだが、おまえは、どこからそういう情報を仕入れてくるんだ？」

「交機隊は万能なんだよ」

「警備課が本庁に応援を頼んだ。本庁では、東京湾臨海署に本庁警備部所属の係員が常駐しているから、その連中に手伝わせるということになった。それだけのことだ」

「聞いた話だがな、特車二課には二つの小隊があって、片方はきわめて優秀なやつらだが、後藤の小隊のほうは、頼りないらしいぞ」

「頼りない……？　どういうことだ？」

「ヒヨッコを集めたらしい。本庁の人事は何を考えているのか……」

「おまえは、どうしてそんなに特車二課のことを気にするんだ？」

「別に理由はない」

速水はもともと、あまり物事にこだわるほうではない。だが、今回は違う。それだけ、後藤のことを意識しているということか。もしかしたら、俺も、周囲のみんなが言うとおり、相楽のことを意識しているのかもしれない。

安積はそんなことを思っていた。

「それどころじゃないんですよ」

須田が速水に言った。「チョウさんの娘さんが、爆破予告のあったイベントに、サークルの手伝いで参加するんですって」

速水は須田を見て、それから安積を見た。

安積は、何も言わなかった。

速水が言った。

「よし、ハンチョウは俺のパトカーに乗れ。すぐに現場に向かう」

「おまえも現場に行くということか?」

「俺が運転しなければ、パトカーは動かない」

「交機隊の仕事じゃない」

「言っただろう。交機隊は万能だって。さあ、ぐずぐずするな。行くぞ」

速水は、出入り口に向かって歩きだした。

安積はそのあとを追うしかなかった。さらに、背後を部下たちが追ってきた。

7

最近都内に作られた近代的なビルやその周辺の新しい街をどうしても好きになれない安積だが、東京ビッグサイトだけは別だった。

幼い頃にテレビで見た特撮モノの秘密基地を思わせる。

ピラミッドを逆さまにして四つ合わせたような独特の建造物が眼を引く。この建物を見るたびに、重力を無視するように建っていると感じる。

村雨によれば、今日は冷凍食品関係の展示会が開かれているはずだ。

速水は、パトカーを東展示棟の駐車場に入れた。

「心配だろうが、やるべきことをやるしかない」

速水に言われて、安積は一瞬何のことかと思った。黙っていると、さらに速水が言った。

「俺たち警察官にとっては、事件が日常だ。一般人の非日常が俺たちにとっての日常なんだ。たいていのことでは驚かないし、いちいち慌てふためいていては仕事にならない。だが、それは、所詮《しょせん》他人事《ひとごと》だからだ。身内が事件に巻き込まれたりすると、とたんに冷静ではいられなくなる」

涼子のことを言っているのだと、ようやく気づいた。

「俺は冷静だ」

むしろ、ここに来るまで涼子のことを考えていなかったことが、自分でも不思議だった。

「だといいがな」

「おまえが言ったように、やれるだけのことをやる。今はそれしか考えていない」

俺は、冷血なのだろうか。娘が危険な目にあうかもしれないのだ。速水が言うとおり、冷静さを失うのが人の親というものかもしれない。

だが、実際に安積は、うろたえてなどいなかった。

まだ、実感がないからかもしれない。

当日になり、涼子が会場に足を運んだことが明らかになったら、冷静ではいられなくなるかもしれない。

それこそが問題だと、安積は思った。

「行こうか」

速水が運転席から降りた。「村雨たちも到着しているだろう。合流しよう」

ピラミッドを逆さまにしたような建物は会議棟だ。その下がエントランスホールとなっている。村雨たちとは、そこで待ち合わせをした。

車を降りたとたんに、むっとした熱気に包まれた。湿度も気温も高い。このところ、夕方になると必ずといっていいほど夕立が降る。

今日も雷雨になるだろう。雨が降る前は、潮の香りが強くなる。だが、東京国際展示場の周辺で、潮の香りを意識したことは一度もない。

村雨たち四人がやってきて、安積はこれからの段取りを指示しなければならなかった。

「警備課の連中が来ているはずだが……」

安積は、周囲を見回した。東京ビッグサイトは、おそろしく広い。警備課の係員がどこにいるか探し出すだけでも一苦労だ。

村雨が言った。

「署に電話して、こちらに連絡を取るように指示してもらいましょう」

それは傲慢《ごうまん》ではないのか。

安積はそう思った。もともと、警備課の事案なのだ。こちらは、助っ人《すけと》でしかない。無線を持ってくるべきだった。そうすれば、こちらから呼びかけることができたのだ。

携帯電話が普及してから、無線に対する意識が多少低くなっているかもしれない。気をつけなければならない。

安積は村雨に言った。

「警備課に電話して、こちらに来ている担当者の携帯の番号を訊いてくれ。私がかける」

無線で呼び出させる手間とそれほど変わらないだろうが、こちらから電話をするほうが反感を買わないで済むに違いない。

こんなことを気にする必要はないのかもしれない。

だが、警察官というのは、いつどんなことでへそを曲げるかわからない。そして、いっしょに仕事をする警察官が機嫌をそこねたら、その先がひどくやりにくくなるのだ。

村雨は、自分の提案が無視されたことなど気にした様子もなく、即座に署に電話をした。担当者の名前と電話番号がわかった。

小沢公隆《おざわきみたか》。階級は巡査部長だということだ。

電話をすると、呼び出し音二回で出た。

「刑事課の安積ですが……」

「ああ、係長。警備を手伝ってくれるそうですね。なんと奇特な……」

笑いを含んだ声だ。それが、嘲笑《ちょうしょう》なのか親しみを込めた笑いなのかわからない。後者であることを願うしかないが、たいていの場合、そうではない。

「打ち合わせをしたいが、どこに行けば会える?」

「こちらからうかがいますよ。今、どこにいます?」

「エントランスホールだが……」

「ああ、ならば近くだ。すぐに行きます」

「すまんな」

電話を切ると、本当にすぐに警備課の制服を着た男の姿が見えた。引き締まった体格で、精悍な感じがする。

警備課の係員が全員たくましい体格をしているわけではないだろう。だが、下沢課長や土井係長も、今近づいてくる係員と同様に精悍な印象を受ける。

警備畑にいる間に、自然にそういう雰囲気になるのだろうか。刑事も独特の雰囲気があるのかもしれないが、安積はそれを自覚したことはなかった。

「どうも、小沢です」

小沢は、まっすぐに安積を見ながら言った。安積は、小沢のことを知らなかったが、向こうは知っているようだ。

「予告のことは、知っているな？」

安積が尋ねると、小沢はちょっと顔をしかめてうなずいた。

「オタクが集まるイベントのたびに、ちょっとした騒ぎがあります。まあ、俺たちの年中行事みたいなもんですね」

小沢は、爆破予告を本当だと信じてはいないようだ。これが、警備課の共通認識なのだろう。

どうせ、月曜日には笑い話になっている。彼らはそう考えているのかもしれない。

「不審者や不審物の捜索は……？」

「それは、我々が責任を持ってやってますよ。会場の協力を得て、監視カメラなどの分析もやっています」

「何人くらい来ているんだ？」

「私を含めて六人ですが……」

それが当然という言い方だ。

通常の警備ならばそれで済むだろう。主催者は警備会社と契約して、民間の警備員を配置しているはずだ。

警察の警備課は、あくまでそれの補助でしかない。彼らは、それに慣れてしまっている。一年中何かのイベントが開かれている東京ビッグサイトを管轄内に持つ、東京湾臨海署の警備課の宿命かもしれない。

だが、爆破予告を無視していいはずがない。

「会場や主催者が雇った警備関係者がいるはずだな」

安積が尋ねると、小沢はうなずいた。

「もちろん、います」

「その連中に、爆破予告のことは知らせたのか?」

「彼らもプロですよ。ネット上の爆破予告のことは、すでに知っています」

「それで、そのための対処はしているのか?」

「ですから、我々が責任を持って……」

小沢が少しばかり、むっとした表情になった。

その言葉を遮るように、速水が言った。

「爆弾を探す気があるのか、ないのか、はっきりしてほしいな」

小沢は、怪訝そうな顔で速水を見つめた。

「交機隊の速水小隊長ですよね。どうしてあなたが、ここにいるんです？」

「いちゃいけないか？」

凄《すご》んでいる。

大人げないが、速水のこういう態度はしばしば効果的だ。

小沢は、落ち着かない表情になった。

「いえ、どうして交機隊の人が、警備事案に関《かか》わっているのかと思いまして……」

「交機隊は万能なんだよ」

「はあ……」

「とにかく、事は急を要する」

「今のところ、不審物は発見されていませんし、不審な人物もひっかかってはおりません」

「あんた、東京湾臨海署にいて安積ハンチョウを敵に回す度胸はあるか？」

小沢は、驚いた顔で速水を見た。

「どういうことです？」

「ハンチョウは、本気なんだ。こいつは真面目《まじめ》だけが取り得のような男だがな、今回はいつもよりずっと真剣だ。なめてかかってると、ひどい目にあうぞ」

小沢の顔色がだんだん悪くなってきた。ここにやってきたときは、余裕を見せていた。警備のプロとしての自信があったのだろう。

だが、その余裕ある態度を、速水が打ち砕いた。

「私だって本気ですよ……」

「いや、本気の度合いが違う。いいか、今度のコミコンのイベントには安積ハンチョウの娘さんが、参加するんだ」

小沢は、眉間にしわを深く刻んで、速水の顔をしげしげと見つめ、それから安積の顔を見た。

安積は思わず、眼をそらしてしまった。

「娘さんが……」

小沢が言った。「それはご心配ですね……」

安積は速水の顔を見ないようにしながら、小沢に言った。

「個人的なことは、この際置いておいて、本当に爆発が起きたときのことを考えてほしい。二次的被害もそうとうなものになると予想されるが……」

小沢がうなずいた。

「実際に爆発が起きたら、入場者たちがパニックを起こすでしょうね」

「そういうことが起きないように、万全を期したいのだ」

「わかりました。警備会社と打ち合わせをして、警備を強化します」

「私たちも手分けして警備に当たる。どうしたらいいか指示してくれ」

「私が指示するんですか？」

「君は、警備の専門家だ。私たちは、指示に従う」

小沢が疑わしげな眼になった。これまで、上の者からこのようなことを言われたことがないのかもしれない。

安積は、本気で言っていた。もともと刑事が出しゃばる事案ではない。それだけでも負い目を感じるのだ。

「自分たちは、民間の警備会社といっしょに内部の捜索をします。係長たちは、外回りをお願いできればありがたいです」

不審者を見つけろということだ。たしかに、そのほうが刑事向きの仕事かもしれない。爆発物があるとしたら、内部のほうが危険度は高い。

自分たちが危険な仕事のほうを選んだということだ。小沢の警備課としてのプロ意識に、ちょっと感動した。

「了解した」

安積が言うと、速水が小沢に尋ねた。

「後藤の部下が、応援に来ていると聞いたが……」

「後藤……？」

「特車二課とかいうのが、警備部にできたんだろう？　そこの小隊長だよ」

「ああ、あの後藤さんですか。ええ、特車二課の人が来てましたよ。でも、あれは……」

小沢がかぶりを振った。

「どうした？　何か問題があるのか？」

速水が、興味を示しはじめた。

「問題ですね」

小沢はこたえた。「あれは、まるでままごとですよ」

速水は何度かうなずいた。

「噂は聞いている。ヒヨッコを集めたんだって？」

「ヒヨッコだか何だか知りませんけどね……。あれが本庁《ホンブ》の応援だとしたら、えらく頼りないですね……」

「俺も本庁の所属だ。俺がそいつらの分を補ってやる」

「そいつは心強いですね」

速水は、その言葉を聞いてにやりと笑って見せた。背伸びをして一人前の口をきくやつに会えてうれしいとでも言いたげだった。

「それで、後藤はその頼りないヒヨッコどもを集めて何をやろうというんだ？」

小沢は、また驚いたように速水を見た。

「私にそんなことを訊かれましても……」

「警備畑だろう。何か聞いてないのか？」

やっぱりこいつは、後藤のことが気になっているのだ。

安積は思った。

警備事案に首を突っ込みたがるなんて、少々妙だと思っていた。速水は、後藤のことをえらく気にかけている。

同じ縄張りに後藤がいるので落ち着かないのかもしれない。肉食獣のテリトリーのようなものだろうか。

少しでも後藤についての情報を集めたい。速水はそう考えているのではないだろうか。だとしたら、ずいぶんとばかばかしい話だ。

後藤は目と鼻の先にいる。直接会いに行って話を聞けばいいのだ。だが、それをしないところが速水らしいとも言える。

小沢が速水の質問にこたえた。

「従来の特車隊とそんなに違わないんじゃないですか。ただ、使用する車両だか何だかが、えらくでかいらしいですね」

「作業用の重機を改造したものだと聞いているが……」

「さあ」

小沢は首を傾《かし》げた。「詳しいことは何も聞いていませんね。特車二課の倉庫には、私らだって近づけないんですよ」

「そいつも妙な話だな……」

「最高機密らしいです」

「ふうん……」

速水が不機嫌そうな顔になった。危険を察知したように、小沢が言った。

「じゃあ、私は中の捜索の手筈《てはず》を整えてきます。外回りをよろしくお願いします」

彼は、駆け足で去っていった。

速水の機嫌が悪くなった理由がわかるような気がした。最高機密と、小沢は言った。おそらく、大げさな言い方なのに違いない。

警察の最高機密が、お台場あたりに転がっているはずがない。だが、速水にとっては、その「機密」に、自分ではなく、後藤が関わっていることが問題なのだ。

速水の思惑などに付き合っている暇はない。今日にも爆弾が仕掛けられるかもしれないのだ。

安積は、村雨と須田に指示した。

「二人ずつで、手分けをして不審人物の捜索に当たろう」

村雨が、うんざりした表情で言った。

「えらく広いですね。効率を考えないと……」

「敷地は広いが、人が行き来する場所は限られている」

須田が、思案顔で言った。

「でも、爆弾を仕掛けようとしたら、人目につかない場所を選びますよね」

「だがな」

村雨が須田に言う。「人気《ひとけ》のないところで、爆発を起こしても意味はないだろう」

「どうだろう」

須田が、さらに思慮深そうな顔になる。仏像のような半眼だ。

「テロなら、被害の大きさを考慮するだろうが、ただ騒ぎを起こしたいだけなら、人がいないところで爆発してもかまわないんじゃないか」

村雨が、慎重な態度になった。

「やはり、愉快犯だということだろう」

「ネットへの書き込みの仕方や、選択した掲示板なんかから考えると、本物のテロというより、愉快犯的な犯行と考えたほうがいいと思う」

「じゃあ……」

桜井が言った。「人気のない場所が怪しいということになりますね」

速水が、苛立った表情で言った。

「ごちゃごちゃ言ってないで、足を動かそうぜ。ハンチョウは、俺といっしょに来い」

「おい」

安積は言った。「おまえが偉そうに指図するんじゃない」

「この蒸し暑い中を歩き回ろうってのか？」

「それが刑事の仕事だよ」

速水は顔をしかめた。

「おまえは、パトカーの助手席に座るんだ。村雨が言ったとおり、ここの敷地はえらく広い。徒歩だけじゃ間に合わない。パトカーで周辺を流すんだ」

部下が汗を流して歩き回るのだ。自分だけが楽をする気にはなれない。

「それがいいですね」

村雨が言った。「係長が車から指示を出してくれれば、効率的です」

安積は、その言葉を意外に思った。

村雨は本気で言ったのだろうか。

疑う理由はないのだが、つい疑ってしまう。安積は、何だか申し訳ない気分になり、言った。

「今度来るときは、無線を忘れないようにしよう」

8

パトカーだからといって、敷地内を走れるわけではない。だが、東京国際展示場の周囲の道を巡回することは、たしかに無意味ではない。

安積は、パトカーの助手席に座り、正直に言ってほっとしていた。まだまだ年を取ったとは言いたくない。だが、今日のように暑い日の外回りは、きつくなってきている。

速水もそうなのだろうか。そんなことを思い、そっと運転席の様子をうかがった。

こいつには、年齢などまったく関係なさそうだ。鍛え上げられた体格。エネルギーがみなぎっている雰囲気。

若さの秘訣《ひけつ》は何だろう。

おそらく、年齢のことなど考えないことだろう。いつまでも子供のように、自分に素直に生きることが大切なのかもしれない。

俺には真似ができそうにない。安積は、そう思った。

「何を考えている、ハンチョウ」

速水が正面を見据えたまま言った。

「パトカーの助手席が広くなったと思ってな……」

実際にそう感じていた。パトカーの助手席というのは、無線、サイレンや回転灯のスイッチ、データ検索用のコンピュータなどが詰め込まれていて、おそろしく居住性が悪い。

速水は、笑った。

「昔は、ひどいもんだった。パソコンがＰＤＡに代わって、ずいぶん楽になった」

「そうだな……」

「なんとかできないのか？」

「何のことだ？」

「娘さんだ。会場に来なければ安全なんだ」

「来るなと言ったよ。だが、そうはいかないらしい。イベントの参加者にとっては、何より重要なことらしい」

「命より重要なことなどない」

「俺も、似たようなことを娘に言った。だが、実際に命の危機に直面してみないと、人間はそのことに気づかない」

「いっそのこと、イベントを中止させればいいんだ」

「実際に爆発が起きたら、そうなるだろうな。事実、模型のイベントで騒ぎがあり、次の年に中止になったことがある」

「ああ、エスカレーターが、客の重量に耐えられずに逆回転したという事故だな」

「爆発が起きたら、エスカレーターの事故どころの騒ぎじゃなくなる」

「ジレンマだな」

「ジレンマ？」

「そう。娘さんを、イベントに行かせないためには、イベントを中止にするのが一番だ。だが、実際に何か起きなければイベントは中止にはならない」

速水の言うとおりだった。

イベントの主催者や参加者は、危険を回避することなど、最初から考えていないのかもしれない。

もちろん、無事に成功することを望んでいるに違いない。だが、望んでいるだけで、具体的に対策を取ろうとはしない。

無事を望むのなら、イベントを中止すべきなのだ。

これもまたジレンマだ。

「爆発を起こさないように全力を尽くすしかないな」

速水が言った。

「当然、そのつもりだ」

「なのに、本庁は、頼りにならない助っ人しか寄こさない」

「おい、おまえはどうしてそんなに、特車二課のことを気にするんだ？　他の部署のことなど放《ほう》っておけばいいだろう」

速水は、相変わらず正面を見ている。「自分でもわからん」

「後藤のことが気にかかるんだろう？　切れ者の後藤がなぜ昼行灯《ひるあんどん》と呼ばれるようになったか……」

「そんなんじゃない。警備部が、なぜお台場なんぞに、特車二課を持ってきたかわかるか？」

「さあな……」

「人目につかないからだ。その秘密めいたところが気に入らない」

「警察というのは、もともと秘密主義なんだよ」

「設置の仕方も気にくわない。東京湾臨海署の新庁舎ができるので、そのどさくさで設備を作ったんだ」

「せいぜい気にしていればいい。俺は、爆弾のことで頭が一杯だ」

速水は無言でフロントガラスの向こうを見つめていた。

二時間ほどパトロールを続けたが、何も起きなかった。その間に三度、小沢と連絡を取った。

小沢のほうでも、何も発見できなかったということだ。

時計を見ると、午後二時を回っていた。まだ昼飯を食べていない。安積は、須田と村雨
「なぜだろうな……」

に電話をかけて、適当に食事をとるように指示した。

昼飯の心配までしてやる必要はないのかもしれない。だが、彼らは、指示されない限り、食事抜きで巡回を続けるかもしれない。

「いったん署に戻りたい」

安積は、速水に言った。「おまえも、交機隊の仕事があるんじゃないのか？」

「俺のことは気にしないでくれ」

交機隊の小隊長なのだから、所轄署の仕事に関わっている暇などないはずだ。安積が今乗っているパトカーにしても、東京湾臨海署のものではない。本庁・交機隊のパトカーなのだ。

その点が不思議だった。もしかしたら、仕事をことごとく部下に押しつけているのかもしれない。

速水は、パトカーを署に向けた。

「先日の模型のイベントで爆破予告をした被疑者の身柄が、今日署に送られてくる」

安積は言った。言ってしまってから、何で俺はこんな話をしているのだろうと思った。

速水は関心なさそうに言った。

「ほう、それで……？」

「相楽たちが洗い出して、身柄確保した被疑者だ」

速水がちらりと安積のほうを見た。

「おまえも、人のことを言えないな」

「どういう意味だ？」

「俺は後藤のことを気にしている。おまえは、相楽のことを気にしている」

安積はかぶりを振った。

「そうじゃない。俺は相楽のことなんか気にしちゃいない。周りが面白がっている節《ふし》がある」

「じゃあ、どうして、その被疑者の話なんかするんだ？」

「わからん」

「自分では気づいていないかもしれないが、やはり相楽のことを意識してるんだよ」

そうは思わない。だが、本当にそう言い切れるかどうかもわからない。

「相楽は、コミコンの爆破予告も、その被疑者ではないかと言っている」

速水は、ふんと鼻で笑った。

「世の中、そう甘くはない」

「俺もそう思う。だが、相楽は耳を貸さない」

「相楽が、おまえと同じ刑事課の係長か……。小者に権限を与えるとろくなことにならない」

「彼は熱心なんだ」

「俺の前でまで、いい子ぶることはないんだぞ」

安積は、むっとして速水の顔を見た。にやにやと笑っていた。

そっと溜め息をついてから言った。

「おまえは嫌なやつだな」

「実はそれが取り得なんだ」

「相楽が強引なことをやらなければいいが、と思っているんだ」

「取り調べで、自白を強要するとか？」

「そうだ」

「人間は失敗して学んでいくんだよ」

「俺たちの仕事は、失敗が許されない局面がある。そうは思わないか？」

「俺は失敗しない」

「おまえの話をしているわけじゃない」

「相楽の心配をしている暇があったら、どうしたら爆弾が仕掛けられずに済むか、とか、娘さんが会場に来なくて済む方法とかを考えたほうがいい」

「別に相楽のことを心配しているわけじゃない。あいつは、異動早々に手柄を立てて勢いづいている。あいつらが身柄確保した爆破予告の被疑者が、コミコンの爆破予告もしたということにされてしまったら、それで警備が手薄になる恐れがある」

速水は、しばらく無言で考えていた。

「おまえが気を抜かなければいい」

「気を抜くつもりはない。だが、もう一度警備課長を説得する自信はないな」

パトカーが署の駐車場に着いた。正確にいうと、交機隊や高速道路交通警察隊の分駐所と合同の駐車場なのだが、東京湾臨海署の駐車場で通っている。

かつては、この駐車場から外階段ですぐに刑事課に上がれた。新庁舎ができて、ずいぶんと遠くなった。

「また、現場に戻るのか？」

パトカーを降りると、速水が尋ねた。

安積は、少し考えてからこたえた。

「戻るかもしれないが、パトカーはもういい」

「つれないじゃないか」

「自分の仕事をしろよ」

速水は声を上げて笑った。安積は、以前より遠くなった署に向かって歩いた。

強行犯第一係はがらんとしている。須田や村雨たちは、まだ東京ビッグサイトでがんばっているのだ。

9

安積は、席に戻り、伝言などがないかどうか確認した。何もなかった。

相楽たち強行犯第二係の連中の姿も見えない。一斉の無線も、署活系の無線も流れなかったから、新たな事案が発生したわけではないだろう。

だとしたら、移送されてくる爆破予告犯のことにかかりきりなのかもしれない。

椅子に腰を下ろして、机の上を眺めた。係長印を押さねばならない書類がいくつかある。

それが課長の元に集まり、各課から署長の元に集められる。

そのときには、おそろしい数になっている。ファイルを立てた状態で、来客用のテーブルにぎっしり並ぶほどの数だ。

署長は、その日のうちにその書類に判を押さなければならない。翌日には同じ量の書類がやってくるのだ。

出世するというのは、そういうことだと、安積は思っていた。だから、出世することにはまったく魅力を感じていない。できれば、今の部下たちとずっと現場にいたいと思う。だが、警察にいる限り、それは叶《かな》わぬ願いだ。いずれは、異動になり、まったく知らない新たな仲間と仕事をすることになる。

今の安積班を離れることなど考えられない。だが、いつかは必ず異動がある。そう思うと、反りが合わない村雨とも別れたくはないと感じる。

窓の外を見た。

今日もまた雲が空を覆っている。暗くなってきた。夕方には、一雨来るに違いない。

安積は、もう一度涼子と話をしてみようかと思った。涼子が現場に来ないというだけで、どれだけ気分が楽になるかわからない。

パトカーで東京ビッグサイトに向かったときは、それほど涼子のことを気にしていなかった。おそらく、警備課との打ち合わせが気になっていたからだろう。

今になって、気になりはじめた。速水のせいもある。

携帯電話を取り出した。しばらく液晶画面を見つめていたが、考え直してポケットにしまった。

何度話をしても、結果は同じだろう。

速水が言ったとおり、爆発を防ぐことに全力を注ぐしかない。

雷が鳴った。

やはり、雨が降りそうだ。土砂降りになるだろう。

夕方に、相楽たちの班が戻ってきた。爆破予告犯を、取調室に連れて行ったという。

相楽がちらりと安積のほうを見た。安積は、机上の書類仕事に集中しようとした。

これから、相楽が取り調べを始めるのだろう。被疑者から話を聞きたいかと、尋ねられたことを思い出した。会っておくべきかもしれない。

おそらくコミコンの爆破予告とは関係ないだろう。だが、関係ないという確信を得たかった。

まあいい。相楽たちが何らかの結果を出してくれるだろう。彼らに任せておけばいい。

書類に判を押し終えて、再び、東京ビッグサイトに向かおうかと思った。

案の定、外は土砂降りだ。この雨の中を出かけることを思うと、うんざりするが、雨だから捜査を切り上げるというわけにはいかない。

天気の悪い日には、犯罪者も一休みしてほしいものだが、実際にはそうはいかない。

席を立とうとしているところに、相楽が近づいてきた。話をする気分ではないが、無視はできない。

「ビッグサイトのほうはどうですか？」

「警備課と協力して不審物や不審者の捜索をやっている。本庁からは、特車二課が助っ人に来ている」

「特車二課……？　近くの倉庫にいる連中ですね。なんでまた……」

「なんでということはないだろう。彼らは、本庁警備部の所属だ」

「重機の運転しかできないような連中だと聞いていますがね……」

「そんな話がしたいのか？　私はこれから現場に出かけるところだが……」

「これから、被疑者の取り調べをします。コミコンのほうの予告にも関係しているようだったら、すぐに連絡します」

「くれぐれも、先入観を持った取り調べをしないように頼むよ」

「ご忠告、承っておきます」

皮肉な口調だ。

「忠告じゃない」

安積は出入り口に向かって歩き始めた。「頼んでいるんだ」

傘など役に立たない。雨が地面を叩き、そこで跳ね返り、一面に白く煙っているように見える。

村雨、須田と連絡を取り、エントランスホールで待ち合わせた。彼らは思ったよりも濡れていなかった。

雨に当たらない場所を見回っていたのだろう。何も、わざわざ雨に濡れることはない。

そういえば、相楽班がここを見回ったときはずぶ濡れだった。いったい、どんな捜索をしていたのだろう。そちらのほうが不思議な気がする。

「警備課とも連絡を取り合っていますが、不審物なし。我々も須田組も、何人かに職質をかけましたが、問題はありませんでした」

村雨の報告を聞きながら、安積は、エントランスホールの中を見回していた。

ひっきりなしに人が行き来している。

冷凍食品関連の展示会というのは、具体的にはどんなことをやっているのだろう。ちょっとだけ気になった。

「相楽班が捕まえた被疑者だが……」

安積が言うと、村雨は無表情のままうなずき、須田は、おそろしく生真面目な表情で安積を見つめた。

黒木は、須田の横でじっと耳を澄ましている。桜井は、濡れた服を気にしている様子だった。

「今、取り調べをやっているはずだ」

安積が伝えると、村雨が言った。

「相楽係長は、本当にその被疑者がコミコンの爆破予告にも関与していると信じているのでしょうかね？」

「どうだろうな」

安積は、慎重に言った。「実際、可能性はゼロじゃない」

「いや、ほとんど可能性はないと思いますけどね」

須田が言った。須田にしては珍しく断定的な言い方だ。

「どうして、そう思うんだ？」

「俺、相楽さんたちが捕まえたやつの予告も、ネットで見ているんです。コミコンの件とは別人ですよ。文体も違うし、選んだ掲示板も違います」

村雨が須田に言った。

「文体くらい、いくらでも変えられるだろう」

「なんとなく、雰囲気でわかるんだよ。ネットの書き込みってのは、手書きと違って筆跡はわからないけど、独特のにおいみたいなものがあるんだ」

「そんなのは根拠にならない」

「でも、相楽さんだって、根拠があって言ってるわけじゃないだろう？」

「ああいう書き込みをするやつは、一件だけじゃなく、いくつも同じことをやるものだと言っていた。愉快犯の特徴だ。それなりに説得力はあると思う」

「そうかな……。相楽さんは囚《とら》われていると思うな……」

「囚われている……？」

「そう。ネット上に犯罪予告を書き込むやつは、かなり特殊だっていう考えに……。特殊なやつがそう何人もいるはずがないという思いに囚われているんだ」

「ネットに犯罪予告をするなんて、特殊なんじゃないのか？」

須田はかぶりを振った。

「予告ドット・インというウェブサイトがある。これは、犯罪予告に関するキーワードを含むスレッドを定期的に自動取得してページに掲載するサイトなんだ。そこを見ると、毎日驚くほどの数の犯罪予告が掲載されている」

「あ、そのサイト、僕も知ってます」

桜井が言った。「たしか、政府が犯罪予告を検知するソフトを開発するために、数億円の予算が必要だと発表したら、その話を聞いた一般人が、ただでしかもたった二時間で作ってしまったというサイトですね」

須田がうれしそうな顔になってうなずいた。

「そう。それだよ」

村雨が顔をしかめた。

「何のことだか、よくわからないが、とにかく、ネット上でたくさんの犯罪予告があるということだけは理解できたよ」

須田は、コミコンの爆破予告があくまでも本物だと信じているようだ。できれば、それが間違いであってほしいが、こういう場合、須田はほとんど間違えることはない。

このところの雨は、おそろしい勢いで降っていたと思ったら、日が暮れる頃にはすっかりと上がってしまう。

まさにゲリラのような雨だ。

今日もおそらくそうだろう。

安積は、昼飯を食いはぐれたのに気づいた。

「おまえたち、昼飯は食ったのか?」

「ええ」

村雨がこたえた。「私と桜井は食べました。展示場内に、レストラン街がありますので……」

須田が言った。

「俺たちも、ちゃんと食いましたよ」

食わなかったのは、俺だけか……。そういえば、食事を取るように指示を出したんだったな。

安積は、急に空腹を覚えた。

「雨が上がったら、引き揚げることにしよう。あとは、警備課と民間の警備会社に任せてだいじょうぶだろう」

異論を唱える者はいなかった。


東京国際展示場、通称東京ビッグサイトでは、翌日の木曜日から二日間にわたって、寝具関連の展示会が開かれていたが、安積たちにとってみれば、水曜日の冷凍食品の展示会と何ら変わるところはなかった。

小沢と再び打ち合わせをして、外回りをする。須田組、村雨組、そして安積の三班に分かれて捜索を行い、必要があれば職務質問をかけた。

小沢たち警備課の係員と、特車二課の連中は、建物の中を調べ、爆発物の発見につとめていた。

時間は過ぎていくが、何も起こらず、何も発見できなかった。そうして、二日が過ぎていった。

結局、安積たちは、特車二課の係員たちとは一度も顔を合わせなかった。速水がヒヨッコといい、小沢がままごとだと言っていたが、どんな連中なのか見当もつかない。

れっきとした警察官なのだろうから、速水や小沢が言うほどひどくはないはずだと思った。

また、休日出勤となった。

八月十四日土曜日。水曜日の冷凍食品や木曜日・金曜日の寝具の展示会とはまったく違う雰囲気となった。

朝早くから、すでに東京ビッグサイトの外にはおそろしい長さの列ができていた。みんな地面に敷くシートや日よけの傘、小さなテントなどを用意している。

聞けば、昨夜から泊まり込んでいる者もいるという。安積は、その様子に驚いたが、須田は、それが当たり前だという顔をしていた。

企業の展示会などとは、規模も熱気も桁違《けたちが》いなのだ。

東京ビッグサイトは、東京湾臨海署の管内にあるので、各種イベントの話はよく聞いていた。だが、刑事事件が起きることはあまりなく、安積が実際に出かけることはなかった。

実際、コミコンは初めて見たのだ。

「これはすごいことになるな……」

安積は思わずつぶやいていた。須田がこたえた。

「明日のほうが、人数が増えますよ」

「入場者の荷物チェックをするのが不可能だという話、ようやく納得できた」

「ええ、そうなんです」

須田がうなずいた。「荷物チェックをやっているうちに、イベントが終わっちゃいますよ。それにね、ここにいるみんなは、一刻も早くお目当てのディーラーの卓に行きたいんですよ。同人誌の数は限られていますからね」

「ディーラー……？」

「同人誌なんかを売る側の人たちです。人気の同人誌は、プレミアムですごい値がついたりしますからね……。荷物チェックなんかで足止めさせたら、暴動が起きますよ」

暴動というのは、大げさな言い方だが、須田のさらりとした口調にかえって現実味があった。

本当に暴動が起きるかもしれない。入場を待つ人々からは、それくらいの熱気がひしひしと伝わってくる。

涼子がやってくるのは、日曜日だと言っていた。今日よりさらに人数が増えるのだという。

こんな状況で爆発が起きたら、その規模にかかわらず、二次的な被害も含めて、一大事となるだろう。

さすがに、警備課は人をかき集めて会場内の警備を固めている。安積たちは、今までと同様に、会場の外を中心に回った。

内部を巡回できない須田は明らかに残念そうだったが、今回は我慢してもらうしかない。この大がかりなイベントが二日間も続くと思うと、安積は目眩《めまい》がしそうだった。

開場すると、入場者たちが展示場内にどんどん吸い込まれていく。さすがに、主催者側のスタッフが厳しくアナウンスするために、駆け出す者はほとんどいない。だが、それぞれがお目当ての場所に急いでいるのがわかる。

おそらく、場内は人でごった返しているのだろう。

「こんな騒ぎが一日中続くのか？」

安積は、隣にいた須田に尋ねた。

「いえ、混雑するのは午前中だけですね。午後は、比較的ゆったりとしていますよ」

それを聞いて少し安心した。

「何だ、ありゃあ……」

誰かが驚きの声を上げた。入場しようとしていた客たちの何人かが、歩を進めながら、一方を見ている。車道のほうだった。

何事かと、安積もそちらを見た。

何かがゆっくりと走行しているのが見えた。おそろしく巨大なトレーラーだ。

クリーム色とブルーに塗り分けられている。警備部の車だ。かつては、警備車両は灰色に塗られており、窓には金網が張られていたが、学生運動の嵐《あらし》が吹き荒れた時代も去り、印象が悪いというので、色が変更されたのだ。

だが、これほど大きな車両は見たことがない。

須田、村雨、黒木、桜井もぽかんとその車両を見つめている。

「臨海署にはあんな車両はありませんね」

村雨が、車道のほうを見たまま言った。「本庁の警備部の車でしょうね」

須田がやはり、トレーラーのほうを見ながら言った。

「本庁でも、あんなの見たことないぞ……」

トレーラーは、ゆっくりと車道を横切り、東京ビッグサイトの建物の向こう側に去っていった。

巨大だというだけで、人々は圧倒されるものだ。それが、警察の車両なのだからなおさらだ。

警察官である安積でさえ、ある種の恐ろしさを感じていた。

そこに警備課の制服を着た小沢がやってきた。

「まったく、あんな車を持ってきて何するつもりなんだよ……」

誰に言うともなくつぶやく。

安積は、小沢に尋ねた。

「あの車両は何だったんだ？」

「特車二課ですよ」

なるほど、見たことがないのは当然かもしれない。秘密に閉ざされた特車二課の巨大な倉庫からやってきた巨大なトレーラーだったというわけだ。

「いったい、何を積んでいるんだ？」

「知りません。いざというときのために持ってきたと言っていましたが、何をするつもりなんだか……」

「いざというときだって……？」

須田が驚いた顔で言った。「それって、どういう事態を想定しているんだ？」

「知るか」

小沢は明らかに腹を立てている様子だった。「暴徒鎮圧じゃないのか？　だが、あのトレーラーのでかさを見たか？　とんでもないものを積んでいるに違いない。そんなものを運用するだけで、死人が出るぞ。特車二課は何を考えているんだ」

「暴徒鎮圧……」

安積は言った。「つまり、この会場で爆発騒ぎが起きたら、入場者がパニックを起こして暴徒化すると……。警備課ではそう考えているということか？」

小沢は、しかめ面《つら》でこたえた。

「警備課がそう考えているわけじゃありません。でも、特車二課ではそういう無茶なことを考えているのかもしれませんね」

まさか……。

安積は思った。あの後藤がそんなことを考えるだろうか。

「特車二課の装備はまだ運用が許可されていないはずなんですが……」

小沢が言った。

「いずれにしろ、物騒なものなら会場付近に持ち込んでほしくないな」

安積は、明日会場にやってくる涼子のことを考えながら言った。

本音だった。

10

特車二課のトレーラーの余韻がまだ尾を引いていた。

本来、お目当ての同人誌にしか関心がないはずの入場者たちの何人かが、茫然《ぼうぜん》と立ち尽くしている姿が見える。

小沢は、暴徒鎮圧だとか、死人が出るとか言っていた。

何が載っていたか知らないが、おそろしく巨大なものであったのは間違いない。安積は、その巨大なものが、群集の中に突入していくところを想像していた。

想像したといっても、いったい何なのかわからないので、ずいぶん漠然としたイメージを抱いたに過ぎない。

昔見た怪獣映画のシーンのようなものだ。逃げまどう群集。その背後に迫る巨大怪獣……。

安積は、そっとかぶりを振ってそのイメージを頭から追い出した。

小沢は明らかに、トレーラーの出現に腹を立てている様子だった。その気持ちはよくわかる。

東京湾臨海署警備課の最大の関心事は、爆弾が本当に仕掛けられているかどうか、なのだ。本庁に協力を要請したのも、捜索の手が足りないからだ。あんなこけおどしのような真似は必要ないのだ。

後藤は何を考えているんだ。

安積は思った。

昼行灯と言われ、お台場の端っこに飛ばされてきたのだという。だが、後藤はばかではない。

同期の中でも切れ者だった。カミソリ後藤の異名は伊達《だて》ではないのだ。速水と後藤は目立つ存在だった。

だからこそ、速水は後藤のことを今でも気にしているのだろう。

その後藤が、小沢が言っているように暴徒鎮圧などという愚かなことを考えるだろうか。安積には、とてもそうは思えなかった。ここは、戦場ではない。クーデターや内乱が起きたわけでもない。たかがマンガや小説の同人誌のイベントなのだ。

後藤には何か考えがあるはずだと、安積は思った。いや、そう思いたかっただけなのかもしれない。

同期の中でも特に優秀だった後藤が、本当に評判どおり昼行灯になってしまったとは思いたくなかった。

最近、若い頃の思い出が、ますます大切なものに思えてきた。年を取ったということだろうか。

　午後一時を過ぎると、会場内も落ち着いてきたようだ。人の出入りもぐっと減り、出入り口まで駆ける入場者もいなくなった。

　みんなのんびりとした歩調で歩いている。異様な興奮状態は、すっかり影をひそめ、普通のイベントと変わらない雰囲気になっていた。

　エントランスホールに立っていると、須田がよたよたと歩いてくるのが見えた。本人は、早足で歩いているつもりらしい。

「何かあったのか？」

　須田はきょとんとした顔をした。

「どうしてです？」

「おまえが、早足で近づいてきたからだ」

「警戒中ですからね。俺だって、早足で歩きますよ」

　須田の行動は、ときどき他人に首を傾げさせることがある。本人はいたって真面目なのだが、どうも普通の人とはちょっとずれている。

　早足で誰かが近づいてくれば、何かあったのではないかと思ってしまう。須田には、他人がそう思うことを想像することができないらしい。

　だからといって、決して鈍いわけではない。感受性はきわめて豊かだ。豊か過ぎるほどだと、安積は思う。彼は、常に必死なのだ。

事件が起きるたびに、被害者や遺族、そして容疑者にまで感情移入してしまう刑事は、おそらくそう多くはない。須田はその一人だ。

「午後になると、まるで別のイベントのようだな」

「ええ、人気のある同人誌はもう売り切れていますからね」

「明日もこんな感じか？」

「そうですね。でも、明日の午前中はもっとすごいですよ」

「そう言ってたな……」

その人の波の中に、娘がいる。

爆発が起きたら、その人の波は、津波となる。人が人をなぎ倒しながら、それでも激しい勢いで流れていこうとするだろう。

爆発の規模がわからないので、直接の被害がどれくらいになるか予想もできない。だが、二次災害の予想はできる。

おそらく、数百人、いや、千人を超える怪我人《けがにん》が出るだろう。死者も出るかもしれない。そして、その死傷者の中に、娘の涼子が入らないという保証は何もない。

須田が手にしていた、ハンディータイプの無線機から、何か聞こえた。ＳＷ‐２０１というタイプだ。須田は耳に当ててから、顔をしかめた。

「メガの調子がいまいちなんですよ……」

無線機のことをメガと呼んでいる。ちょっと大型のものは、ユーダブとも呼ぶ。機種名の頭にUWが付くからだ。

「そういうことは、事前にチェックしておかなければ……」

「ちゃんとチェックしていたんですけどね……。急に電波の通りが悪くなって……」

ひどい空電の音が、すっと止《や》んだ。

「須田チョウ、聞こえますか？　こちら黒木です」

その声は明瞭《めいりよう》だった。

「なんだ、調子悪くないじゃないか」

「あれ、直っちゃった……」

須田は、黒木の呼びかけに応答した。単なる定期連絡のようだ。黒木とのやり取りを終えると、須田が言った。

「今のところ、異常なしです」

「そのようだな」

「あの……、明日も何もないといいですね」

「須田、そういうことは、責任のない一般の人が言うことだ。我々は、何事も起きないようにしなければならない責任があるんだ」

「あ、そうですよね」

とたんに、須田の表情が引き締まった。注意をされた子供のような反応だ。

そんなことは、言われなくてもわかっているはずだ。ただ、言葉が足りなかっただけなのだ。おそらく、涼子のことがあるので、安積のことを気づかって言ってくれたのだろう。

「じゃあ、俺、また見回って来ますから……」

「おい、須田」

「はい……？」

「中の様子を見てきたくないか？」

とたんに、ちょっとうれしそうな顔になった。わかりやすいやつだ。

「いや、中のことは、警備課の小沢たちに任せていますから……」

「中は手が足りていないかもしれない。外は俺も見回るから……」

「そうですか……」

須田は、表情を引き締めた。そうしないと、にやにやと笑ってしまうのだろう。「じゃ、ちょっと中の様子を見てきます」

「何かあったら、すぐにメガで連絡しろ」

「了解です」

須田は、よたよたと駆けて行った。やってくるときよりも、ずっと足取りが軽い。

模型のイベントのときもあんな様子だったのだろう。こんな刑事も珍しい。

珍しいからいいのだ、と安積は思っていた。須田は、普通の刑事とは違った角度から物事を見ることができる。それが強みだ。

遠くで雷の音がした。

空はまだ晴れている。熱帯のスコールのような夕立は、いつまで続くのだろう。ゲリラ豪雨は、そのうちに必ず災害をもたらす。どんなに警戒していても、自然の猛威には勝てない。

その自然災害が、爆発と重なったりしないことを祈るしかなかった。


会場の中から拍手の音が聞こえた。

イベント一日目の終了のアナウンスの直後だ。参加者が、拍手をしているのだ。たったそれだけのことに、安積はちょっと感動していた。

オタクのイベントということで、偏見を持っていたせいもあるだろう。参加者がスタッフをねぎらい、互いをねぎらい合っている。その気持ちに感動したのだ。

来場者が列を作って、ゆりかもめの国際展示場正門駅や、りんかい線の国際展示場駅に向かっている。

ディーラーたちの片づけが終わったのを見計らって、東京湾臨海署の警備課および刑事課強行犯第一係がそろって、会場内の捜索を行った。

民間の警備会社の人手も借りた。本庁の助っ人である特車二課第二小隊のメンバーは、警備課といっしょに動いているらしい。

警備課がチェックした場所を刑事課がチェックする。同時にその逆もやった。

不審物は見つからない。捜索が終わり、安積たち強行犯第一係は、エントランスホールにやってきた。

そこに、小沢もやってくる。

「今日はお疲れさまでした。明日も、この調子でいきたいですね」

安積は言った。

「今日、何事もなかったからといって、明日もそうだとは限らない。警戒をゆるめるわけにはいかない」

「ええ、わかっています。明日は、娘さんも来られるのでしょう」

言わなくてもいいことを言ってしまったような気がしていた。警備課の小沢に、警備の心構えを説くなど、釈迦《しゃか》に説法だったに違いない。

「ええ、面目ない。本来なら、危険なところには近寄らせるべきではないのですが、どうしても来なきゃならないんだと言われまして……」

「こういうイベントに来る人たちは、みんなそうです。半年かけて準備をするんです。その成果を発表するんですからね」

須田が口をはさんだ。

「最近は、プレミアムがついて、ネットなんかで高値で取引される同人誌目的の、転売屋が多いですけどね」

小沢は、ちらりと須田を見ただけで、そのことについては何も言わなかった。

「参加を申し込んだ人は、イベントが中止にならない限り、何があってもやってきますよ。ディーラーはくじ引きですからね……」

安積はうなずいた。

「明日もよろしくお願いします」

「それは、こちらの台詞《せりふ》だ。警備事案を手伝ってもらっているんですからね」

小沢は一礼して去って行った。安積がその後ろ姿を見送っていると、村雨が言った。

「ありゃ、本気にしていませんね」

安積は、思わず村雨の顔を見た。

「そう思うか？」

「どうせ、明日も今日のように何事もなく終わるんだと思っている顔でしたよ」

須田は、まったく刑事らしくない。対照的に、村雨は実に刑事らしい刑事だ。警察官というのは、かくあるべしというお手本のようだ。

たしかに村雨の言うとおりかもしれない。小沢は、同じことを何度となく繰り返しているのだ。イベントのたびに会場の警備を担当する。

そして、ときには今回のように爆破予告などもある。小沢は、おそらく一度も本当の爆発を経験していないはずだ。安積が東京湾臨海署にやってきて、一度もなかったのだから間違いない。

慣れてしまっているのだ。

仕事に慣れることは必要だ。だが、警察官にとって慣れは、恐ろしい一面がある。誰かと話したことだが、狼少年の教訓は忘れてはならないのだ。

「あいつは、須田のことを信用していないようです」

さらに村雨が言った。

「須田のことを?」

「須田が転売屋のことを話したときの、小沢の態度でわかりました。あいつは、須田が言い出しっぺだってことを知ってるんです。そして、本当に爆発することなんてあり得ないと、高をくくっているんです」

村雨のこうした意見は無視できない。警察組織内における人々の思惑という、たいへん面倒なものをちゃんと読み解いてくれる。

「俺たちだけじゃ、どうしようもない。警備の主役は警備部だ」

安積は言った。「彼らに本気になってもらえるように、こちらも努力しないとな」

須田は子供のように生真面目な表情でうなずき、村雨は大人の態度で安積の言葉を聞いていた。

11

八月十五日日曜の朝、七時に目覚めた。八時十五分の登庁時間に合わせて、いつも起きる時刻だ。

今日も暑くなりそうだった。朝の段階ですでにじっとりと汗ばむほどだ。

安積は、冷蔵庫からバナナを取り出してもぐもぐと頬張《ほおば》った。うまいとは思わない。だが、何も食べないよりましだ。

ちゃんとした朝食をとらなくなって、どれくらい経《た》つだろう。離婚してからずっとこの目黒区青葉台のマンションで一人暮らしだ。

別れた当初は、何もする気が起きなかった。脱力感に苛《さいな》まれていた。

正確には覚えていないが、その頃はまだトーストにコーヒーくらいの朝食はとっていたような気がする。習慣を守ることで、辛うじて自分を保っていたのかもしれない。

いつしか日常に固執する必要もなくなった。傷が癒えたともいえるが、人間というのは、よくも悪くも慣れるものだ。

警察官が仕事に慣れてしまうのは危険な一面もある。昨日はそんなことを考えていた。

だが、たしかに慣れることで救われることもあるのだ。

最近の若者は、失恋したことで絶望して、自殺をしたり、自暴自棄になって誰かを殺害したりする傾向がある。

気持ちはわからないではない。だが、認めるわけにはいかない。絶望的な気持ちになるのは仕方がないが、絶望してはいけない。

ぎりぎりのところで踏みとどまることができる。人間にはその力が備わっている。人生、やせ我慢が必要なのだ。嘘っぱちの強がりでもいい。やがて、それが本当の我慢になるかもしれない。

日本の教育はいろいろなものを失ったと言われている。我慢は、その中の重要な要素ではないかと、安積は思う。

子供に我慢を教えなくて、何を教えるのだ。

このところ、裁判などで、ＰＴＳＤという言葉が、かなり頻繁に使われるようになった。心的外傷後ストレス障害と訳されるのだそうだ。

アメリカで生まれた精神障害の診断名だ。アメリカ人は、何でも病気にしたがる。

名前を付ければ病気が増えるのだ。

もちろん、本当に辛《つら》い状況に追い込まれ、こういう診断名で適正な治療を受けることによって救われた人がたくさんいるに違いない。

だが、弁護士などがこの診断名を、情状酌量などの逃げ道に使うことが多い。精神的に傷つき、実際に身体に失調をきたしたり、社会生活がうまく送れなくなる人もいるのだろうが、その割合が増えてきているように思える。

安積に言わせれば、いつの頃からか子供たちの精神的なタフさが足りなくなってきたのだ。過保護のせいだと、安積は思う。

精神も肉体も、鍛えられなければ腑《ふ》抜《ぬ》けになる。温室育ちの子供たちは、いざ辛い目にあったときに、自分自身で対処できずに、おかしくなってしまう。

もしかしたら、今回の爆破予告犯も、そういう人物なのかもしれない。コミコンのような、オタクが集まるイベントを標的にしたことも、それを物語っているような気がする。

パソコンで、オタクのイベントに爆破予告をするというのは、一種典型的な現代の若者の行動パターンを連想させる。

例えば、引きこもりだ。

引きこもりも、社会的な病気だろう。

だが、その病気を生んだのは、紛れもない日本の現代社会なのだ。子供一人に一部屋を与えられる豊かさ。パソコンを与え、携帯電話を与えられる経済力。そして、パソコンの向こう側に広がるインターネットの仮想社会を構築できた技術力。

いずれも、安積が子供の頃には望むべくもなかったものだ。核家族化や少子化が社会的な病理の根源にある。

それが、教育の問題につながっていくのだ。

そこまで考えて、ふと安積は自分のことを考えた。

俺は、教育のことなど口にできるのだろうか。

娘の教育に、途中から立ち会っていない。安積の涼子に関する記憶は、彼女が小学生のときで途切れている。

離婚とはつまり、子供の教育も放棄することだ。投げだしたかったわけではないが、そうせざるを得なかった。

そんな自分が、一般論にせよ、教育のことを語ることができるのだろうか。涼子は、安積が知らない環境で育ち、いつしか二十歳を超えた。

まさか、コミコンの売り子をやるようになるとは思わなかった。話によると、単なる手伝いだそうだが、それでもコミコンのようなオタクのイベントに関わるようになるというのが信じられない気分だった。

オタクというサブカルチャーは、すっかり社会的に認知され、すでにカルチャーになっていると指摘する社会学者もいる。

だが、安積にとってはオタクはオタクだ。

アニメやゲームを面白がることは悪いことではない。また、どんなことであっても、他人よりも詳しいというのは立派なことだ。

だが、オタクの問題は非生産的なことだと安積は思っていた。オタクの知識欲はすばらしい。だが、それは何も生み出さない。彼らのエネルギーをどこか別の分野に向ければ、すばらしいものが生まれるのではないかと思う。

だが、それはオタクを理解できない中年の一般人の発想なのだろう。オタクというのは、生産性など度外視して楽しむから意味があるのかもしれない。

バナナの皮をゴミ箱に捨て、身支度を整えた。こんなに暑くても背広を着てしまう。若い私服警官などは、もっと涼しそうな恰好をしている。

沖縄では、かりゆしウエアというアロハシャツのようなものが正装として一般的になってきているらしい。亜熱帯の生活の知恵だ。

東京も、夏は亜熱帯と変わらないのだから、そういう風潮はどんどん取り入れるべきだと思う。

今日の俺は、朝からずいぶんと愚痴っぽいな……。

そう思いながら、マンションを出た。

廊下に、記者が何人かいたので驚いた。

捜査本部ができたりすれば、夜討ち朝駆けの記者が自宅を張る。だが、現在はそんな事案を抱えているわけではない。

「日曜出勤ですか？」

そう尋ねてきたのは、東報《とうほう》新聞の山口友紀子《やまぐちゆきこ》記者だった。

友紀子とは長い付き合いになる。もちろん、仕事での付き合いだ。彼女が社会部の新人の頃から知っている。年齢を訊いたことはないが、おそらく三十歳前後だろう。

安積も彼女もまだ出世していないということだ。

「どうして、出勤だと思うんだ？」

「こんな時間に背広を着てらっしゃるからです」

友紀子がほほえんだ。

彼女の笑顔がなかなか効果的だということは、刑事課の誰もが認めるところだ。ときには課長や、あの村雨までが籠絡《ろうらく》されそうになる。

それくらいに友紀子は恵まれた容姿をしていた。半袖《はんそで》のパンツスーツを着ているが、プロポーションがよく、目鼻立ちがはっきりとしている。

「誰かの結婚式かもしれない」

「ハンチョウは、そんな背広で結婚式に臨席なさる方ではありません。ちゃんとフォーマルを着て、白いネクタイをされるはずです」

この一言にはちょっと驚かされた。自分で自分をそんなふうに思ったことはない。

「俺はけっこうずぼらだよ」

「他の人と、ずぼらの基準が違うのだと思います。コミコンの爆破予告の件ですね？」

安積は歩きだした。友紀子を含めて、記者は四人いた。その四人が、ぞろぞろと安積に付いてくる。

彼らを無視することもできた。だが、何もしゃべらなければ、ずっとくっついてくるに違いない。

安積は、友紀子に言った。

「本来は、警備事案だが、なにせ所轄の警備課だけでは人手が足りない。それで助っ人に駆り出された。それだけのことだ」

「東京湾臨海署の引っ越しに伴い、ずいぶんと増員されましたよね」

友紀子が何を言いたいのかわからなかった。

「ああ、増員された」

「警備課も人が増えたはずです」

「それでも足りないんだ」

「強行犯係は、ほぼ二倍になりましたね」

「なった」

「相楽係長の強行犯第二係が、爆破予告犯を逮捕しました」

安積は立ち止まり、友紀子の顔を見つめた。

「何が言いたいんだ？」

「相楽係長は、ハンチョウのことをずいぶんとライバル視されているようですね」

また、相楽の話か。

安積は、不機嫌になった。

警察の仲間に相楽との競争心の話をされるのは仕方がない。だが、新聞記者に指摘されたくはなかった。身内に言われるのと、外野に言われるのでは気分が違う。

「そういう話とは関係ない」

「新任の係長などに負けてほしくはないと思っているんです」

「おい」

安積は驚いた。「勝ち負けの問題じゃないんだ」

「でも、今後は何かと比較されることになると思います」

「二つの強行犯係は、対立関係にあるわけじゃない。大きな事案のときには、両方で捜査することになるんだ」

友紀子は、またほほえんだ。

「コミコンの爆破予告は、本物だと思いますか?」

「常にそう考えるべきだろう」

「でも、ハンチョウが東京湾臨海署にいらしてから、実際に爆発したことはないのでしょう?」

「ない。だが、何事にも最初ということがある。前例がないからといって安心はできないんだ」

「わかりました」

マンションの玄関を出た。そこで、記者たちから解放された。安積はほっとして、振り返った。

友紀子と眼があった。彼女はまたほほえんでいた。

安積は眼をそらし、中目黒の駅を目指して歩きだした。

須田が言ったとおり、東京ビッグサイトは、昨日よりも来場者が増えているようだ。開場待ちの列が、さらに太く長くなっている。

いつものエントランスホールで、強行犯第一係の面々と待ち合わせをしていた。須田、黒木、桜井の三人は待機寮に住んでいる。待機寮は、署の中にある。

須田が、無線などの装備を持ってくることになっていた。

最初にやってきたのは、やはり村雨だった。待ち合わせより十分早い。須田たちは、三人そろって、待ち合わせ時間ぎりぎりにやってきた。

「さて、本番ですよ」

須田が言った。いつになく、緊張している様子だ。

須田が緊張しているという事実が、安積を不安にさせた。

「まず、昨日と同様に警備課と連絡を取りましょう」

村雨が言った。安積はうなずいた。

そういうことは、村雨に任せておけばいい。

段取りは昨日と同じだ。警備課と本庁の特車二課、そして民間の警備会社が会場内を、安積たち強行犯第一係が外を担当する。

すでに、汗でシャツが濡れており、不快だった。昨日は、遠雷が聞こえていたが、珍しく夕立がなかった。今日も降らないでくれればありがたい。

開場のときは、殺気すら感じられた。来場者の列がどんどん入り口に吸い込まれていく。オタクたちの、お目当ての品に対する貪欲《どんよく》さをありありと感じる。今ごろは、売れ筋の同人誌のところに、客が殺到して、列を成しているのだろう。

強行犯第一係の面々は、一人ずつばらばらになって警戒している。地域課もパトロールの回数を増やしているはずだ。

安積も、須田が持ってきてくれた無線機を手にしていた。時折、連絡を取り合う声が聞こえてくる。

彼らは、汗だくになって会場の周辺を歩き回っている。安積はエントランスホールにいた。ここは外よりずっと涼しい。

ずっとエントランスホールで待機していることに後ろめたさを感じた。安積も、外に出て様子を見ることにした。

また新たな汗がどっと噴き出てくる。

黒木の姿が見えた。安積は、黒木に近づいて声をかけた。

「どんな様子だ?」

「異常ありません」

黒木は無駄なことはほとんど言わない。行動力は抜群だ。彼を見ていると、不言実行という言葉を思い出す。

「暑いな」

「暑いですね」

「午後はもっと暑くなるだろうな」

「ええ」

黒木と会話が弾むということは、まずない。だから、いつも須田が一方的にしゃべっているのだ。

だが、無愛想なわけではない。誰に対しても気配りを忘れない。だから、黒木が他人に嫌われることはない。だが、積極的に評価する者もあまりいない。常に一歩引いたところにいるからだ。

「本当に爆弾が仕掛けられると思うか?」

「自分はそう思って捜索しています」

「全員がそうだといいんだがな……」

「そうだと思いますよ」

「警備課の連中もか?」

「本気だと思います」

「村雨はそうは思っていないようだがな」

「村雨チョウは、慎重な人ですからね。他人に悲観論を聞かせて、気持ちを引き締めさせるんです」

言われてみればそのとおりかもしれない。

村雨は、何事においても他人にはあまり期待しないのだ。それだけ自分に厳しいのだとも言える。

黒木が、躍動的でなおかつしなやかな動きで歩き去っていく。その後ろ姿を見ながら、安積は思った。

黒木のように、警備課の連中を信じることも必要だ。なにせ、彼らは警備のプロなのだ。やるべきことを心得ているはずだ。

爆破予告に慣れっこになっているとしても、手を抜くようなことはしないと信じるべきだ。

安積は、なるべく日の光をさけるようにして広い東京ビッグサイトの敷地内を一回りすることにした。

まるで、日光に重さがあるようだ。その重さが、時間の経過とともに増していくような気がする。

交替で昼食をとることにした。無線で村雨に連絡を取った。村雨が、順番を決めてそれを無線で流してくれた。まず、安積が食べることになった。

軽食を売るテントが出ている。ビールやペットボトルの茶を売っている。焼きそばか何かで済まそうかと思ったが、それもなんだかみじめな気がした。

レストラン街に行くことにした。冷房がきいていてありがたい。ラーメン屋に入り、そそくさと食事を済ませた。

食事の最中からまた汗が噴き出してきた。ラーメンなどにしなければよかったと、後悔した。

次に村雨が食事をする。その次が須田、続いて黒木、桜井の順だ。

全員が食事を済ませる頃には、会場はすっかり落ち着いているだろうと安積は思った。開場後、一時間もすれば人気サークルの出展品の争奪戦は終盤に近づくのだ。

安積がエントランスホールに戻ったのは、十二時二十分頃だ。案の定、場内はのんびりとした雰囲気になっている。

桜井が食事を終えたのが、十三時十分だ。全員が交替で食事をするのに一時間もかかっていない。早飯は刑事の条件の一つと言われている。

それから、けだるい時間が過ぎていった。このまま、何事も起こらずに一日が終わってほしい。

娘の涼子がどこかにいるはずだ。探しに行きたいが、場内は警備課の担当だ。必死に我慢することにした。今朝ほど、我慢の大切さについて考えたばかりだ。

夕刻になり、須田から無線が入った。

「空が急に暗くなってきました。また、雨が来ますね」

あまりありがたくない知らせだ。だが、誰も天気には勝てない。

やがて、雨が降りだした。

エントランスホールにいても、それがわかる。しかも、このところゲリラ豪雨と呼ばれている激しい雨だった。

もうじき、イベントが終了する十七時だ。雨くらいどうということはない。安積は思った。

このまま無事に終わってくれれば、雨に濡れるくらいは我慢しよう。

そう思ったときだった。

ずんという奇妙な震動を感じた。

重たくて大きなものが床に落ちたような感じだった。

安積は立ち尽くしていた。

こんなとき、人間は咄嗟《とっさ》にたいしたことではないのだと思いたがるものだ。最悪の事態を信じたくないのだ。

だが、何が起きたかは、明白だった。

どこかで、爆発が起きたのだ。

安積は、会場内に急いだ。何よりも先に、涼子の姿を探していた。

ある一区画にいた来場者やディーラーたちが、一斉に動き出していた。駆けだした者もいる。

だが、全体を見回せばまだ、比較的平静だった。ぼんやりと立ち尽くして、音のしたほうを見ている者が圧倒的に多い。

こういうときに、適正な判断を下せる者のほうがずっと少ない。たいていは、どうしていいかわからず、ぼうっとしてしまうのだ。

うすく煙がたなびいている。

安積は、その一画に向かった。大声を上げて、人々を下がらせているのは、警備課の面々だ。

これからがたいへんだ。

安積は思った。

爆発が起きたという認識が、場内の人々の間に広がっていく。誰かが、出口に向かって走り始める。それがパニックを誘発することになる。

爆弾が一発とは限らない。すみやかに、なおかつ秩序だった手順で、入場者たちを外に誘導しなければならない。

イベントの主催者が、そういう訓練を受けているとは思えない。非常時のマニュアルはあるのだろうか。主催者が右往左往したら、被害はさらに拡大する。

「救急車だ」

誰かの叫び声がした。怪我人が出たということだ。

まずいな。

安積は思った。その一言が、パニックのきっかけになるかもしれない。

安積は、無線で警備課の小沢を呼び出した。

「安積係長、こちら小沢、どうぞ」

「小沢、状況は？」

「男子トイレの個室で、ごく小規模の爆発が起こった模様。個室のドアが破損。トイレ内にいた数名の怪我人を確認しています」

「入場者をどうやって誘導する？」

「場内アナウンスを……」

小沢の声はそこまでしか聞こえなかった。空電の音がひどくなり、声が途切れた。無線の調子が悪くなった。

こんなときに……。

安積は、舌打ちをした。

場内アナウンスが入った。

「場内で火災が発生する恐れがあります。みなさん、すみやかに場外に避難してください。避難に際しては、お近くの係員の指示に従ってください」

見ると、イベント関係者たちがほうぼうに散らばっている。彼らは、大声で「走らずに」とか「心配いらないので、ゆっくり進んでください」などと叫んでいる。

だが、必ず駆け出す者がいる。それが不安を呼び、恐怖が入場者たちに広がっていった。建物の中にいるのが恐ろしいのだ。一刻も早く外に出たいと思う。

その思いは、瞬く間に伝染して、人々は駆けだした。

人の波が、巨大な荷物の搬入口に殺到する。外は、土砂降りだ。

「走らないでください」

「だいじょうぶですから、ゆっくり行動してください」

イベントの係員や、警備課の警察官、警備会社の社員たちが口々に叫ぶ。

だが、人の波の勢いは徐々に激しくなっていく。このままだと、必ず誰かが転倒して大きな事故が起きる。

その事故に、涼子が巻き込まれたら……。

安積は、周囲を見回していた。涼子はどこにいるのだ……。

だが、会場はおそろしく広く、入場者の数は膨大だ。とても、涼子を見つけ出すことはできそうになかった。

無線で村雨や須田と連絡を取ろうとしたが、やはり役に立たなかった。

こんなときに役に立たなくて、なんのための無線だ。

安積は、苛立《いらだ》ち、心の中で罵《ののし》っていた。

巨大な荷物搬入口が目の前にある。その向こうは、土砂降りだ。雨で、すべての景色が霞《かす》んでいる。ぼんやりと緑が見えるだけだ。

人々は、その搬入口に殺到しようとしている。その勢いを止められる者はいそうになかった。

警備課も、警備会社の社員も、イベントの係員も無力だった。このままだと、人々が将棋倒しになり、多数の怪我人が出るだろう。

安積は、無力感を覚えて立ち尽くしていた。そのとき、再び震動を感じた。

また、爆発したのか……。

安積は、周囲を見回した。

いや、違う。

明らかにさきほどの震動とは違う。今度は、間違いなく重いものが地面を打つ衝撃だった。

また震動が伝わってくる。それが二度、三度と繰り返された。

何だ……？

巨大なものが近づいてくるようだ。安積は、恐怖を感じていた。おそろしく巨大で強いものに対する、根源的な恐怖だ。

「何だ、あれ……」

「何だ、何だ？」

「あそこだ、何が動いているんだ？」

そんな声がした。

安積はそちらを見た。荷物搬入口の向こう側だ。土砂降りの雨。その雨のカーテンの向こうに、何か巨大なものが動いている。

さきほどの震動は、その巨大なものが移動するときに生じるものらしい。人の流れがゆるやかになった。そして、やがて、ほぼ静止した。誰もが、そちらの中空を見つめていた。

雨の帳《とばり》の向こう側に、何か巨大なものがいる。

その衝撃に、人々は立ち尽くすしかなかったのだ。おそらく、安積が抱いたのと同じ根源的な恐怖を抱いているのだ。

やがて、その巨大な影は、現れたときと同様に、どしんどしんという震動を発しつつ、ゆっくりと姿を消していった。

入場者たちは、しばらく雨を見つめていた。

警備課の連中が我に返ったように、指示を出しはじめた。度肝を抜かれた入場者たちは、おとなしくその指示に従った。

12

搬入口をさらに開放し、入場者たちを外に出し終わったのは、その二十分後だった。

雨足が衰え、周囲の景色が見え始めた。巨大なものの姿はない。

やがて、嘘のように雨が上がり、日が差し始めた。

「係長、係長、こちら、村雨。聞こえますか?」

無線が復活した。

「村雨、こちら安積だ。どんな様子だ?」

「周辺は比較的落ち着いています」

「了解」

「お嬢さんを保護しています。繰り返します。お嬢さんを保護しています。りんかい線国際展示場駅に向かう通路のほうにいます」

「了解した。すぐに行く」

安積は、歩きだした。だんだん早足になり、気づくと駆けだしていた。

両脇に糸杉が並んでいる歩道の手前に、村雨と桜井、そして涼子がいた。

日は大きく傾いているが、暑さは変わらない。一雨来て少しは涼しくなったが、逆に湿度が高まっていた。

「お父さん」

涼子はそれだけ言った。顔が青い。

こんなとき、海外の映画などではしっかりと抱き合ったりするのだが、安積はそんな気にはなれなかった。ただ見つめただけだ。

「だいじょうぶか？　怪我はないか？」

「ええ、だいじょうぶ」

「友達はどうした？」

「向こうで、警察の人に話を聞かれている」

そうだ。手分けをして入場者に話を聞かなければならない。ここにいる全員を足止めして、住所と氏名のリストを作る必要がある。

今のままではとても手が足りない。

「おまえからも、話を聞かなければならない」

村雨が脇から言った。

「それは済ませてあります」

安積は、村雨のほうを見てうなずいた。ふと気になって尋ねた。

「おまえ、あれを見たか？」

「あれ……？」

「建物脇に荷物の搬入口がある。その前を、何かでかいものが通過していった」

村雨は怪訝そうな顔をした。

「いえ、自分は、建物のこっち側にいましたから……」

「そうか……」

涼子を見た。彼女は眼が合うと、言った。

「ごめんなさい」

「なんで謝るんだ？」

「お父さんの言うことを聞いていれば、こんな危ない目にはあわなかった……」

「済んだことは仕方がない」

安積は言った。

本当は、厳しく叱《しか》りたい。だが、久しぶりに会った娘には、つい優しくてものわかりのいい父親を演じたくなる。

「まあ、無事で何よりだった。父さんはまだ仕事がある。話が終わったら、友達といっしょに帰りなさい」

本当は、いっしょに食事でもしたかった。だが、娘と食事をするにも、親権者である母親の許可がいる。

涼子はうなずいた。

「わかった」

村雨が言った。

「しばらくはここにいてもだいじょうぶでしょう。我々は、警備課の様子を見てきます」

桜井とその場から歩き去った。気をきかせたつもりだろう。

涼子はうつむいていた。先ほど言ったように、安積の忠告に従わなかったことを反省しているのかもしれない。あるいは、単に照れているのだろうか。

安積は尋ねた。

「母さんは元気か？」

「元気よ。何かと忙しいみたいね」

「不思議なもんだな……」

「何が？」

「母さんは、父さんがあまりに忙しいんで愛想を尽かしたんだ。その母さんが忙しがっているなんてな……」

「そうね……」

「それにしても、おまえが、コミコンの売り子をやるなんてな……。ちょっと信じられない」

「別にコミコンにそれほど興味があるわけじゃない。本当に友達に頼まれたのよ。ボランティアみたいなもんね」

警備部の車両が次々に到着した。まず、クリーム色とブルーグリーンに塗り分けられたマイクロバス。そして、奇妙なタンクのようなものを後部に取り付けたごつい車。これは、爆発物処理車だ。

警備課の小沢が署に状況を報告して、警備課長が話を副署長か署長に上げた。そして、ようやく本庁に連絡が行き、警備部の応援が到着したのだ。

今ごろ爆発物処理車が来てどうするんだ。

安積は、そんなことを思っていた。

涼子が安積の背後に向かって手を振った。振り向くと、二人の若い女性がこちらに近づいてくるところだった。

涼子の友達だろう。比較的地味な服装をしている。一人は眼鏡《めがね》をかけていた。

「友達は警官から解放されたようだな」

「じゃ、あたし、行くね」

「ああ」

「また連絡する」

「そうしてくれ」

涼子は友達といっしょに去っていった。かなり感傷的になってその後ろ姿を見つめていると、須田がやってきて言った。

「そうだったのか」

「チョウさんも見たんですって?」

目を丸くしている。とんでもないことが起きたと言いたげだ。

「あのでっかいもののことか?　ぼんやりとした影を見ただけだ。土砂降りで、何にも見えなかった。おまえも見たのか?」

「いや、俺は直接は見てませんけどね、話を聞いた来場者の中で、何人もの人が目撃しているんで……」

「目撃?　正体を見た者はいるのか?」

「いいえ、みんなチョウさんと同じです。ぼんやりとした輪郭とか、影を見ただけです」

「あれの近くにいた者はいなかったのか?」

須田は不思議そうな顔で言った。

「あれの近くということは、外でしょう?　外にいた者は、聴取の対象外ですよ」

「そうだな……」

おそらく誰も見ていないだろう。そんな気がした。

「まったく、なんてやつらだ……」

そう言う声がして振り向いた。小沢だった。彼は明らかに腹を立てていた。安積は尋ねた。

「誰のことだ?」

「特車二課の連中ですよ。爆発の直後、姿をくらましたんです」

「姿をくらました……？」

「ええ、現場の保存とか、人の誘導とか、いくら手があっても足りないというのに、あいつらいなくなったんです」

「なぜだ？」

「係長も、ごらんになったでしょう？」

安積は、眉をひそめた。

「あのでかいやつか？」

「そう。特車二課が装備を運用したらしいんです」

「あれが、特車だというのか？　とても車には見えなかったぞ」

「建設用の重機を転用したということですからね。浅間山荘のときに鉄球を振り回したクレーンがあったそうじゃないですか。そういう装備なんじゃないですか？」

「だが、何のために……」

「知りませんよ。一番重要なときに現場を抜け出したんです。敵前逃亡にも等しいですよ」

じっと話を聞いていた須田が言った。

「でも、そのおかげで、パニックがおさまったんだよね」

小沢はむっとした顔で須田を見た。

「誰がそんなことを言ったんだ？」

「来場者だよ。みんな搬入口に向かって駆けだしていた。もう少しで大惨事になるところだった。そこに、その特車があらわれて、みんなびっくりして立ち尽くしたんだ」

小沢はトーンダウンした。

「たまたまじゃないのか」

「いや、パニックを抑えるために、さらに大きな衝撃を与えたとも考えられるよ。それって、かなり効果的だったんじゃない？　もし、特車が姿を見せなければ、実際にパニックになっていたはずだ」

「でも……」

小沢はすっかり毒気を抜かれたような顔になった。「特車二課の装備は、まだ極秘のはずだ」

「誰もその姿を見ていない。影を見ただけなんだ」

須田のその言葉を聞いて、安積は思った。

極秘の装備の姿を、実際には見せずに、その存在感だけを感じさせる。それで、群衆のパニックを鎮めてしまった。

後藤ならそれくらいのことはやるかもしれない。

安積は思った。

それにしても、あの特車の正体は何なのだろう。

安積は、雨の中にぼんやりと浮かんだその姿を思い出していた。

13

来場者のリスト作りには、時間と手間と人手がかかる。

何万人ものリストを作るのだ。重大事件が起きたときくらいしか、こんな非効率的なことはやらない。非効率的であろうがなかろうが、やらなければならないのだ。それが警察の仕事だ。

来場者一人一人の住所を確認して、連絡先を確保する。それがでたらめでないかどうか、身分証を確認し、あるいは携帯電話の番号を表示してもらう。

東京湾臨海署で、動員できる署員はすべて動員してこの作業に当たらせた。本庁から来た警備部の連中も同様だ。

安積たち強行犯第一係も全員、そのリスト作りに参加した。

運の悪い来場者は、何時間も足止めを食らうことになる。

現場の保存と、検証は本庁でやる。本庁の鑑識が来ていた。

事案が深刻で大きければ、所轄は手伝いに回る。それが日本の警察の不文律だ。

来場者たちは、おおむねおとなしかった。法的には、全員を拘束する権限はない。帰りたいと言えば、帰すしかないのだ。だが、人々は列を作って、警察に協力してくれている。

相楽たち強行犯第二係もやってきて、リスト作りに参加した。

雨上がりの夕刻。西のほうの雲が赤く色づいており、夕闇《ゆうやみ》が静かに降りてきていた。真夏でまだ日は長いが、もうじき暗くなるのは明らかだった。

すっかり暗くなる前に、リスト作りの作業を終えたいと思っていると、相楽が近づいてくるのが見えた。いつもなら、逃げ出したい気分になるのだが、今日はそうでもない。

実際に爆発が起きたことについて、相楽がどう言うか聞いてみたかった。

相楽は、すぐそばまで来ると、安積に会釈《えしやく》をした。安積は、リスト作りを中断しようかどうか迷った。手を止めると、安積の前で列を作っていた連中が、あからさまに不満げな顔をした。

このままだと、誰かが安積に食ってかかるかもしれない。警察官は、市民に苦情を言われてもまったく平気だ。そういうように教育されているし、ハコバンのときに、さんざん酔っぱらい相手に修行を積む。

だが、この場面で来場者たちとのいざこざは避けたかった。相楽に、リスト作りに専念しろと言いたかった。

そこに絶妙のタイミングで声をかけてきたのは、桜井だった。

「ハンチョウ、自分の列は終わりました。代わります」

「頼む」

安積は桜井に場所と住所を書き込んだ紙を譲った。

直接ノートパソコンに氏名・住所・連絡先を打ち込んでいる者も少なくない。だが、安積は紙に書き込んでいたのだ。

相楽が安積に言った。

「現場は見ましたか?」

「ああ、ちらっとな」

「小規模の爆発だったそうですね?」

「本庁の警備部によると、それほどの殺傷能力はないということだ。だが、負傷者が出た。これは、大きな問題だ」

「わかっています」

相楽は悪びれた様子もなく言った。「怪我人はどの程度です?」

「病院に運ばれたのは、全部で五人だ。一番重傷なのは、爆発した個室のドアの直撃を受けた。大腿骨《だいたいこつ》を骨折している。その他は軽傷だ。軽度の火傷《やけど》や転んだときの怪我だ」

「その中に、実行犯がいるかもしれませんね」

安積はこの一言に驚いた。

相楽のしたたかさを、あらためて実感したのだ。

安積は思わず尋ねていた。

「おまえの班が身柄拘束したネットの爆破予告犯はどうなったんだ?」

「まだ送検していません。いろいろと尋ねることがあるんで、勾留延期《こうりゅう》になるかもしれませんね」

「感心しないな……」

勾留延期は、人権団体や弁護士らから、人権侵害に当たるとして、ずいぶんと批判されてきた。

相楽は平然と言った。

「必要ならやりますよ」

「この爆破について、何か知っていそうだったのか？」

相楽は、顔をしかめた。

「あの予告犯は、ネットで騒ぎを起こして喜んでいただけです。実際に爆弾を仕掛けるようなやつと関わりがあるとは思えません」

安積は、半ばあきれて言った。

「コミコンの爆破予告について、そっちの爆破予告犯が何か知っているはずだという意味のことを言っていなかったか？」

「実際に爆発が起きたことで、事情は変わりました」

「方針を変えたということか？」

相楽は、かすかに笑った。

「それほど大げさなことじゃありませんよ。我々が考えていたより、少しだけ状況が進んでしまった。そういうことだと思います」

何が言いたいのかよくわからなかった。役人や政治家がよくやる手だ。もっともらしい言葉を並べているが、中身はない。

この鉄面皮さが、うらやましいと思った。

「身柄確保した爆破予告犯は、このコミコンの爆発とは関係ないと……。だったら、勾留を延長して何を聞き出そうというんだ?」

「この際、ネットでの犯罪や触法行為の実態をしっかりと探っておこうと思いましてね……。威力業務妨害や名誉毀損《きそん》、それからフィッシング詐欺なども……」

安積はまたしても驚いた。

「それは、その被疑者の送検のための取り調べとはいえない。違法捜査になりかねないぞ」

相楽は、周囲をさっと見回した。二人は、列を作っている来場者たちや、リスト作りをしている警察官たちから離れた位置にいて、話を聞かれたりする心配はない。

それでも、相楽は慎重に声を落とした。

「誰だってやっていることですよ。それに、これは有力な情報を得るまたとないチャンスです。麻薬や覚醒剤《かくせいざい》の所有者から、入手経路について聞き出すのは、ごく当たり前のことじゃないですか。それと同じことです」

「それとは違うだろう」

「どう違うんです？　ネットにおける犯罪行為や触法行為を、実際にネットで爆破予告した被疑者から聞き出す。普通のことじゃないですか」

これは詭弁《きべん》だ。

そう思った。だが、どこがどう間違っているのか、指摘するのは難しい。被疑者の取り調べにおいて、犯罪の周辺情報を得ることは、相楽が言うとおり、よくあることだ。

だが、インターネットというのは、ごく日常的な行為で、プライバシーに関わる問題のような気がした。だが、安積には、はっきりと相楽の過《あやま》ちを指摘できなかった。相楽には、口では勝てそうにない。

もし、ここに村雨がいてくれたら、相楽が言っていることのどこがおかしいのか指摘してくれたかもしれない。

だが、今ここに村雨はいない。

安積は、相楽に尋ねた。

「そちらのネットの爆破予告犯は、この爆発と無関係だと考えていいんだな？」

相楽はしばらく考えてから言った。

「まだ、無関係と決まったわけじゃない。共犯という可能性もないわけじゃない」

「共犯だって？　それを疑う理由があるのか？」

「ネットで爆破予告をしたという事実がある」

安積は、無力感を覚えながら言った。

「だから、それはいたずらで、こちらはいたずらではなかった。そういうことじゃないのか？」

相楽は、また考えていた。

一度、言ったことを簡単には撤回したくないのだろう。相楽は、コミコンの爆破予告も、自分たちが身柄確保した爆破予告犯と関係があると読んでいたのだ。

安積から見れば、根拠のない嫌疑だ。だが、相楽は本気だったようだ。おそらく、今では相楽も、両者の間に関係はないと思っているはずだ。

ただ、意地を張っているだけなのだ。まるで、子供じゃないか。

安積は、あきれてしまった。

やがて、相楽が言った。

「まあ、関係があるかどうかは、コミコンに実際に爆弾を仕掛けた実行犯の身柄を確保すればはっきりするでしょう」

「そうだな……」

そうこたえるしかなかった。

「私たち第二係も協力しますよ」

「いや、それには及ばない。もともと警備課の事案だし……」

「何を言ってるんです。爆弾が仕掛けられたんですよ。殺人未遂じゃないですか。強行犯係の出番ですよ」

「殺人未遂だって？　爆弾そのものにそれほどの殺傷力はなかったんだ」

「殺傷力の問題じゃないでしょう。爆弾が仕掛けられたこと自体が問題なんです。実際に怪我人が出ているということは、すでに傷害罪だということですし、いずれにせよ、強行犯係の事案と考えていいと思いますよ。ぐずぐずしていると、本庁の公安部や警備部に事案を取られちまいますよ」

そんな考え方をしたこともなかった。

公安が担当したいというのなら、すればいいのだ。だが、コミコンに仕掛けられた小さな爆弾を、本庁の公安部が問題にするとは思えなかった。

相楽は、常に誰かと何かの競争をしていないと気が済まない性格なのかもしれない。

安積は、そんなことを思っていた。

「私たちに気づかいは必要ないです。いつでも手伝います。これから、病院に行って怪我をしたという人たちから事情聴取してきましょうか？」

このやる気は見習わなければならないと、安積は思った。

だが、純粋なやる気ではない。安積を出し抜いて、また手柄を立てたいと考えているに違いないのだ。

そうそう好きにやらせるわけにはいかない。

「いや、そちらは俺たちが行く」

相楽は、簡単には引き下がらなかった。

「では、私たち第二係は、爆弾について調べてみましょう」

働きたいと言っているものを、断ることもない。安積は、そう思った。相楽をこの件から排除することはできそうにない。

「わかった。じゃあ、頼む」

「了解しました」

意味ありげな笑いを浮かべて、相楽は安積のもとを離れていった。別に、他意はなく、ただ親しみを表すためにほほえんだだけだったのかもしれない。

だが、少なくとも安積は、親しみなど感じることはできなかった。


リスト作りが終わり、来場者全員を帰すことができたのは、午後八時過ぎだった。

安積のもとに、強行犯第一係の面々が集まってきた。

安積は、須田と村雨を交互に見ながら言った。

「相楽たち第二係も手伝ってくれると言っていた」

村雨が、怪訝《けげん》そうな表情で言った。

「警備課の事案ですよ」

「私もそう言った。だが、相楽は、これはれっきとした強行犯係の事案だと言うんだ。そして、公安部や警備部に取られちゃいけないとまで言ったよ」

「どうかしてますね……」

やはり、村雨もそう思うか……。

それを確認できて、安積はほっとした。

「だが、相楽が言ったことで、うなずけることもある。爆弾の被害にあって、病院に運ばれた五人のことだ。その中に実行犯がいる可能性がある。これから、行ってみようと思うが……」

須田がうなずいた。

「わかりました、チョウさん。全員で行くことはないです。俺と黒木で行ってきます」

「いや、病院に運ばれたのは五人。全員で手分けしたほうが早い」

須田は、滅多に安積の言うことに逆らわない。

「わかりました」

村雨が言った。

「軽傷者は、すでに帰宅しているかもしれないですね」

その可能性はある。

「とにかく、病院に行ってみればわかる」

「そうですね」

もし、帰宅していたとしても、病院に氏名や住所の記録は残っているはずだ。

安積たちは、すぐに負傷者たちが運ばれた病院に向かった。

調べてみてわかったが、負傷者はすべて同じ病院に運ばれたわけではなかった。受《う》け容《い》れ態勢の問題なのだろう。

一番の重傷者は、ある医大の付属病院に運ばれていた。大腿部を骨折した被害者だ。他は、二ヵ所の病院に散らばっている。結局、強行犯第一係は、いつもの須田・黒木班と村雨・桜井班に分かれて事情聴取をすることになった。

安積は、大腿骨を折った被害者を訪ねることにした。大学病院の夜間受付に行くと、係員がすぐに被害者の居場所を教えてくれた。

だが、大学病院というのは、まるで迷路のようだ。仕事柄、何度かこの病院に来たことはあるが、それでも迷ってしまいそうだ。

患者で来たくはないと、安積は思っていた。

廊下の先に、制服警官の姿を見つけてほっとした。近づいていくと、彼は安積に会釈した。

安積は覚えていないが、向こうは知っているようだ。東京湾臨海署の地域課の係員だろう。まだ二十代のようだ。

「どんな様子だ？」

安積は尋ねた。

「手術が終わって、今眠っているところです」

「話は聞けないか？」

「さあ、自分にはわかりません。担当の医者じゃないと……」

それはそうだ。

「その担当の医者はどこにいる？」

「ナースステーションで訊いてきます」

安積がうなずくと、若い地域係員は、いそいそと去っていった。

ナースステーションに、お気に入りの子でも見つけたのだろうか。そんなことを思って待っていると、ほどなくその地域係員が、若い医者を伴って戻ってきた。

眼鏡をかけた背の低い医者だ。もしかしたら、研修医かもしれない。なんだか頼りない医者だな……。

そんなことを思ったが、顔に出すわけにはいかない。安積は、ことさらにしかつめらしい顔になって言った。

「手術をしたそうですね？」

「ええ、整形外科的な処置です。できるかぎり、元の状態に復帰できるように、折れた大腿骨の位置を調整しました」

安積はうなずいた。医学的な話には興味はなかった。

「今、眠っているそうですね。全身麻酔だったのですか？」

「はい。手術の範囲が狭く、時間もそれほどかからないと見られていたので、当初、硬膜外麻酔と脊髄《せきずい》くも膜下麻酔の併用も考えましたが、爆発を経験した直後で患者さんの精神状態がひどく不安定だと思われたので、全身麻酔にしました」

「その、コウマク何とかというのは……？」

「いわゆる半身麻酔というやつですね」

わざと専門的なことを言っているのだろうか。それとも、詳しく説明することで誠意を示そうとしているのだろうか。

安積にはどちらかわからなかった。だが、なぜか好感を持てると思った。

「いつごろ話を聞けますか？」

「すでに抜管していますから、目が覚めたらいつでも話していただいてけっこうです」

「抜管……？」

「はい。全身麻酔のときは、気管に挿管していますから」

「なるほど……」

人工的に呼吸をさせるために、気管に管を通しているという意味なのだろう。

「他に何かご質問は……？」

「ご家族の方は……？」

若い医者は、戸惑った表情になった。医学的な事柄以外は、あまり関知していないのかもしれない。

そばにいた地域係員が言った。

「被害者は、東京で一人暮らしなので、故郷のお母さんに連絡を取りました」

「故郷はどこだ？」

「山口県です」

若い医者が安積に言った。

「では、私はこれで……」

「ありがとうございました」

こういう場合は、礼を言うべきだと思った。医者は、一瞬意外そうな顔をした。刑事に礼を言われたことが意外だったのかもしれない。

医者が去っていった。安積は、被害者が目覚めるのを待つことにした。

14

一時間ほど待った。

待っている間に、地域係員から、被害者についての情報を聞き出した。

氏名は、糠田順一《ぬかだじゅんいち》。年齢三十五歳。システムエンジニアをやっていたが、現在は無職。いろいろなアルバイトを転々としているという。

コミコンという社会現象ともいうべき巨大イベントを支えているのは、まさに彼のような層なのだと聞いたことがある。

現在では、すでに中核を成す人々は高年齢化し、四十歳を過ぎているといわれている。

いずれにしろ、三十代、四十代のいい大人が、マンガや小説の同人誌に夢中になるというのは、安積には理解しがたい。

大人が電車の中でマンガを読みはじめたと批判されたのは、安積より少し上の世代だ。いわゆる団塊の世代で、彼らはモラルを気にしなかった。

モラルを忌《い》み嫌い、それに抵抗していたようなところがある。彼らより上の世代は、戦前、戦中に教育を受けた親や教師と接し、息苦しい思いをしていたのだろう。

安積の子供の頃も、すぐに殴る先生がいた。そういう先生への反発が心の弾力を鍛えたのかもしれない。

理不尽なものへの抵抗。

そういう意味では、団塊の世代が公共の場で堂々とマンガを読みはじめたことは、理解できなくもない。

だが、今の三十代、四十代はどうだろう。何かに抵抗しているのだろうか。何かと戦っているのだろうか。

抑圧と戦っているのだと言う社会学者もいる。

だが、安積に言わせると、彼らは自分で抑圧を作り出しているに過ぎない。そこに甘えを感じるのは、俺だけだろうかと、安積は思う。

夕食をまだ食っていない。腹が減ったと思っていると、病室が慌ただしくなった。

先ほどの若い医者が病室に入っていった。安積は、廊下で待っていた。やがて、医者が出てきて言った。

「目が覚めました」

「ちゃんと話はできますか?」

「だいじょうぶですが、あまり長くは話せません」

「わかっています」

医者はうなずいて去っていった。立ち会いたいと言わなかったことがありがたかった。

単に、忙しいだけかもしれないが……。

糠田順一は、ベッドに仰向《あおむ》けになり、何やら大げさに見える器具を取り付けられていた。横たわった彼の上で、何本かのワイヤーが交差している。その支柱が糠田順一を拘束しているように見える。

おそらく、折れた大腿部の骨を適正な位置に保つために常に牽引《けんいん》する必要があるのだろうと思った。この大がかりな器具は、そのためのものだ。

糠田順一は、不思議なものを見るような眼差《まなざ》しで病室の天井を見つめていた。まだ、意識が完全に回復していないのではないかと、安積は訝《いぶか》った。

「失礼します。糠田順一さんですね」

声をかけると、意外なほど素早く安積のほうを見た。

「そうです」

うけこたえははっきりしていた。これなら話が聞けそうだと思った。

「何があったか覚えてますか？」

「ええ、覚えてますよ。やっぱり、夢じゃなかったんだ……」

「詳しく話していただけますか？」

「詳しくっていっても……」

糠田順一は、安積から眼《め》をそらして、再び天井を見つめた。「ほとんど何も覚えてません。トイレに行ったんですよね。用を足して出ようとしたところで、突然ひどい衝撃を受けて……。意識を失ったかもしれない……」

「どんなことでもいいんです。覚えていることがあれば、教えていただきたいのですが……」

「覚えているのは、それだけですよ」

記憶というのは曖昧《あいまい》なものだ。本人が覚えていないと思っていても、意外なほど多くのことを記憶していたりする。

何かのきっかけでそれを思い出すことがある。さて、どう攻めようかと思っていると、出入り口で声がした。

「ここで何をしている?」

安積がそちらを見ると、警備部の制服を着た中年の男が立っていた。

「爆発で被害にあわれた方にお話をうかがっているのですが……」

「どこの者だ?」

「東京湾臨海署刑事課強行犯第一係。係長の安積です。あなたは?」

「警備部の山下《やました》だ」

役職を言わなかったが、おそらく本庁の係長クラスだろう。本部係長は、所轄の係長よりワンランク上だ。安積の役職を聞いたときの態度でわかる。

山下が言った。

「爆破事件は、警備部の事案だ。私が話を聞く。君はもういい」

もういいといわれて、はいそうですかというわけにはいかない。

相手の居丈高な態度に腹が立った。

なるほど、相楽が言っていたのはこういうことだったのか。相楽は、伊達《だて》に本庁で苦労はしていなかったということだ。

安積は糠田順一のことを気にしていた。手術を終えて目覚めたばかりだ。しかも爆発の被害にあっている。彼には休息が必要なのだ。

安積は、山下に言った。

「ちょっと廊下に出ましょう」

「廊下に出るのは君だ。さあ、もう帰っていいぞ」

安積は、じっと怒りをこらえていた。もともと、自分のことをあまり気が長いほうだとは思っていない。

「お話があります。ほんの二、三分で済みます」

「何の話だ?」

「とにかく、部屋の外までお願いします」

山下は、憤然とした顔つきで廊下へ出て行った。安積は、糠田順一に言った。

「ちょっと失礼します。戻ってきた後に、あとしばらくお話をうかがいたいのですが
……」

「いいですよ」

糠田順一は、不思議そうな顔で安積を見ていた。警察内部の揉《も》め事が不可解なのだろう。当然だと、安積は思った。

廊下に出ると、いきなり山下が言った。

「所轄のしかも刑事課だろう。何を出しゃばっているんだ？」

「出しゃばっているつもりはありません。事件はわが署の管内で起きました。爆弾を仕掛けたとなれば、殺人未遂です。実際に五人の怪我人が出ているのですから、傷害罪も成立します。その他もろもろ、刑事事件と考えられます」

これでは、相楽の受け売りだな。

安積は、しゃべりながらそう思っていた。今は彼が言ったことがまっとうだと思える。どうしてあのときはそうではなかったのだろう。

おそらく話をする相手の問題なのだ。

「刑事事件だと？　爆弾事件なんだ。誰が見ても警備事案だ。あの被害者の話は私が聞く」

「内容はちゃんと報告します」

「刑事が出しゃばるなと言ってるんだ」

若い地域係員がこちらを見ているのに気づいた。

安積は言った。

「爆発を未然に防ぐことが、警備部の最大の役割だったのではないですか？　私たちは、ネット上に爆破予告があったときから、今日に備えて来ました。しかし、本庁警備部の対応は決して充分とは言えませんでした」

「だから……」

山下は、明らかに腹を立てていた。「我々が尻ぬぐいをすると言ってるんだ」

安積はかぶりを振った。

「尻ぬぐいなどという認識ではとても問題を解決することはできません」

「何だと?」

「我々は爆弾を仕掛けた犯人の身柄を確保し、その背後に何があるのかを明らかにしなければなりません。それは、刑事の仕事です」

山下は、反論しようと安積を睨《にら》んでいた。だが、何を言っていいのかわからない様子だった。

「おまえは、本庁の方針に横槍《よこやり》を入れているんだぞ」

「本庁の方針に納得できれば従いますよ。しかし、本庁ではおそらく誰も爆破予告について本気に考えはしなかったのでしょう。ですから、対応が遅れたのです。我々はずっと現場にいました。事情もよくわかっています」

山下は、しばらく無言で安積を見据えていた。安積は冷静に見返していた。

やがて山下は吐き捨てるように言った。

「そんなに仕事がしたければ、好きにすればいい」

「はい。そうします」

「このことは、上に報告しておく。追って沙汰《さた》があるかもしれないから、そのつもりでいろ」

これが捨て台詞《ぜりふ》だった。山下は、その場から足早に去っていった。

追って沙汰があるか……。時代劇じゃないんだ。

ふと、若い地域係員と眼があった。彼がかすかにほほえんだように見えた。

まさかな……。

そう思いながら、病室に戻った。

糠田順一は、やはり天井を眺めていた。そこに何か秘密が書かれていて、それを読み解こうとしているかのような表情だった。

安積は声をかけた。

「何か思い出しましたか？」

糠田順一は、夢から覚めたような眼差しを安積に向けた。

「たぶん、どうでもいいことだと思うんですけど……」

「どんな小さなことでもいいんです」

「俺がトイレに入っていくと、ここ、故障してますよって言ったやつがいたんです」

安積は、眉《まゆ》をひそめた。

「どういうことです？」

「爆発した個室ですよ。俺、別に大きいほうをしたいわけじゃなかったから、何でわざわざそんなことを言うんだろうなって、気になったんです」

「それは、どうでもいいことではなく、とても重要なことかもしれません。その人物の人相や服装を覚えていますか？」

糠田順一が顔をしかめた。

「なんだか、頭の中に霞がかかっているみたいで、うまく思い出せないんですが……」

「まだ、麻酔の影響があるのかもしれません。思い出せる限りでけっこうです。年齢はどれくらいでした？」

「そうですね」

また天井を見る。「俺と同じくらいだったと思います。髪は長くもなく、短くもなく……。染めたりはしてなかったなあ……。あ、眼鏡をかけていました。縁なしかフレームが細い眼鏡でした」

安積は、あらためて糠田順一の人相を確認していた。髪は長めだ。茶色に染めている。

糠田順一の言葉が続いた。

「黒っぽいTシャツにカーキ色のカーゴパンツでしたね。キャスターに大きな段ボールを二つくくりつけていました」

あの会場では実にあり触れた恰好《かっこう》だ。

「その人物と、他に何か話をしましたか？」

「いいえ。変なやつだな、と思いましたから、シカトしました」

安積がうなずいたとき、看護師がやってきた。

「あら、まだいらしたんですか？　先生のお話だと、刑事さんはすぐにお帰りになるということでしたが……」

口調は丁寧《ていねい》だが、明らかに非難している。職業柄当然のことだ。

「すいません」

安積は言った。「今、おいとましようと思っていたところです」

看護師は、すでに安積には関心がないといった態度で、糠田順一に体温計を渡し、脈を測りはじめた。

「では、失礼します」

安積は、糠田順一に言った。「ご協力を感謝します」

病室を出るときに、ふと思った。

怪我をして緊急手術をした。なのに、糠田順一は病室で独りぼっちだ。親元から離れているから仕方ないのだろうが、付き添ってくれる友人もいないのだろうか。

もし、会社につとめていたら、同僚が来てくれたかもしれない。付き合っている女性がいれば、必ず駆けつけただろう。

都会に住む者は孤独なのだ。もし、自分が入院するはめになったら誰が面倒をみてくれるだろう。

そう思ったとき、まず顔が浮かんだのが、妻や娘ではなく、強行犯第一係の連中だった。

これは、少々問題かもしれない。

安積は、そう思いながら、携帯電話を取り出した。村雨に電話で指示をするためだ。

今日は全員直帰するように。報告は明日でいい。

そう言っておかないと、彼らは必ず署に戻ってきてしまう。


翌日、朝一番に、爆破の被害者の情報を突き合わせた。

まず、村雨班が事情聴取してきた二人。

小松行彦《こまつゆきひこ》と串田昭雄《くしだあきお》。二人とも十九歳で、同じ私立大学に通う学生だ。小松行彦は身長が百六十五センチと、最近の若者の中では比較的小柄なほうだ。

一方、串田昭雄は、百八十二センチと長身だが、ひょろりと痩《や》せている。

小松行彦の住所は、世田谷区代沢二丁目、串田昭雄のほうが世田谷区北沢三丁目と、二人は住んでいるところも近い。おそらく、通っている大学の近くなのだろう。

小松行彦は両方の前腕に軽い火傷を負った。串田昭雄は、転んで両肘《りょうひじ》をすりむいていた。

二人とも、全治一週間ほどの軽傷だ。

報告の最後に、村雨が注目に値することを言った。

「この二人、ある男に、こう言われたというんです。ここは、故障しているから使えないよって……。ここというのは、爆弾が仕掛けられていた個室のことなんです」

「え……」

須田が、目を丸くした。

その反応に、安積も驚いていた。

「いえね、チョウさん。こっちの被害者も同じことを言われていたらしいんです」

「何だ、須田」

「つまり、個室のトイレが故障しているから使えないという意味のことか?」

「ええ」

「実はな……」

安積は言った。「私が話を聞いてきた糠田順一も、同じことを言われたそうだ」

須田がいっそう目を丸くした。

「へえ……。それって、どういうことでしょうね」

村雨が言った。

「その議論は後にして、須田、おまえたちが事情聴取してきた二人について、先に報告してくれ」

「あ、そうだね」

須田はノートをめくりはじめた。

村雨は、俺よりも仕切りがうまいな。安積はそんなことを考えていた。頼もしいと思うより先に、ちょっと鼻につくと感じてしまう。

須田と黒木が事情聴取してきた二人のうち一人は、芝原道夫《しばはらみちお》。三十七歳で独身だ。年齢が糠田順一に近い。

糠田順一は、トイレの個室が故障していると告げた人物は自分と同じくらいの年齢だと言っていた。その人物は、芝原道夫かもしれないと思い、安積は須田の説明に聴き入った。

芝原道夫は、串田昭雄同様に、爆発の衝撃で転んで右手首をつき、捻挫《ねんざ》をしてしまった。こちらは、擦り傷などよりも治りにくく、全治二週間と診断されていた。だが、その後の通院の必要もなく、湿布薬を処方されたという。

芝原道夫が縁なしの眼鏡をかけているという須田の報告に、安積はさらに関心を深めた。糠田順一は、問題の人物が眼鏡をかけていたと供述した。

芝原道夫は、会社員で、髪はそれらしく整髪されているそうだ。そして、やや太り気味だという。そのへんはどうだろうと、安積は思った。

髪型に関しては、糠田順一が言ったとおりのような気がする。長くもなく、短くもない髪型だ。だが、糠田順一は、その人物が太っていたとは一言も言わなかった。

当日の服装は、チェックの半袖《はんそで》シャツに、ジーパンだったという。これは、糠田順一の供述とは一致しない。

やはり別人だったか……。

須田・黒木組が事情聴取をした二人のうち、もう一人は、原嶋光一《はらしまこういち》。彼は、他の四人とは一線を画している感があった。

大手出版社のコミック担当の編集者なのだ。将来のプロを探して、編集者がコミコンのような同人誌のイベントに足を運ぶという話は以前から聞いていた。

原嶋光一は、仕事でやってきて災難にあったということになる。こういう場合労災扱いになるのだろうか。安積はふとそんなことを考えていた。

住所は、江東区大島二丁目。五人の中で唯一の妻帯者だ。二歳になる娘がいる。

身長は、百七十五センチと、平均よりやや高めか。髪は、スポーツ刈りだという。当日の服装は、白いボタンダウンのシャツに、コットンパンツだ。

おそらく、コットンパンツの裾《すそ》はダブルだったに違いない。アイビーの心意気だ。

眼鏡はかけていないそうだ。

「それで……」

安積は尋ねた。「原嶋光一も、個室は使えないということを、誰かに言われたのか？」

須田はかぶりを振った。

「いえ、原嶋光一のほうは言われていません。芝原道夫のほうだけです。でも、五人のうち四人が言われているんです」

村雨が言った。

「小松行彦と串田昭雄は、いっしょにいるときに言われたと言っています。そうだな？」

村雨は桜井に確認した。桜井が「はい」と言った。おそらく、桜井に事情聴取させて村雨がその結果を報告しているのだろう。

村雨が楽をしようとしたわけではないだろう。桜井を鍛えているのだ。やらせてチェックをする。捜査をしながら刑事を育てている。

誰が考えても立派な警察官なのだ。俺はもっと村雨を評価してやるべきだと、安積は常日頃思っていた。

須田が不思議そうな顔をした。

「あのトイレって、そんなに広くない。その中で、誰かが、ここは使えないよというようなことを言ったら、中にいる人全員に聞こえるよね」

実は安積もそれを考えていた。

「個室のトイレが故障していて使えない」という言葉を聞いたのは、四人。もしかしたら、その四人は、別個に誰かに言われたのではなく、同時に一人の言葉を聞いたのではないだろうか。

四人とも、自分に向かって誰かが言ったと思ったが、実はそうではなく、不特定の相手に対して言った言葉なのかもしれない。

村雨が須田に言った。

「四人は、同時に同一人物の言葉を聞いたということだな……」

やはり、村雨も安積と同様のことを考えている様子だ。

村雨は続けて言った。

「だとしたら、その言葉を聞いたと供述していない、原嶋光一が言ったということになる」

須田はかぶりを振った。

「いや、こういう場合、単純な引き算じゃだめだよ」

村雨は、考えながら言った。

「個室のトイレが故障していて使えないという発言は、中に仕掛けた爆弾を発見されたくない犯人が言ったことと考えていいよな」

須田がうなずく。

「おそらくね……」

「ならば、個室のトイレが故障していると声をかけた人物が、爆弾を仕掛けた犯人と考えていい」

須田の顔から次第に表情が消えていく。やがて、半眼になり仏像のような顔になる。これは、須田が本気で何かを考えはじめた兆候だ。

もしかしたら、この顔が本当の須田の顔なのではないかと思うことがある。

「でも、爆弾を仕掛けたのなら、どうして犯人はその場にいたんだろう。危険じゃないか。さっさとその場から逃げ出すべきだ」

村雨が考え込んだ。

「それもそうだな……」

「個室のドアを開けられないように、見知らぬ人に声をかけるなんて不自然だ。もっと他に方法はあったはずだ。『故障中』という張り紙をすれば済むことじゃないか」

須田の疑問はもっともだと、安積は思った。トイレの中にいた人々に声をかけたのが、もし犯人だとしたら、いったいそこで何をしていたのだろう。

あるいは、声をかけたのは犯人ではないのだろうか。ならば、その人物は何のために周りの人々に声をかけたのだろう。

村雨もこたえが見つからないらしい。安積は、黒木と桜井に言った。

「おまえたちはどう思う?」

黒木がひかえめな態度で言った。

「張り紙に関してですが、犯人は物的証拠をできるだけ残したくなかったのではないでしょうか。張り紙一つから足が付くことも考えられます。紙や筆記具、筆跡など、張り紙は手がかりの宝庫とも言えます」

なるほど、と安積は思った。

黒木は、普段は無口だが、言うべきことはしっかりと言う。そして、几帳面《きちょうめん》な性格のせいか、細かなところによく気がつく。

桜井は、しばらく無言で考えていた。

安積は、コミコン来場者のリスト作りをしているところに、相楽がやってきたときのことを思い出していた。

あのときは、絶妙のタイミングで桜井がリスト作りをバトンタッチしてくれた。桜井は、普段は村雨の陰に隠れていて、個性を発揮できずにいるような気がする。だが、村雨がいなければ、桜井は個性を発揮するどころではなかったかもしれない。村雨は間違いなく優秀な指導者だ。

桜井が言った。

「戻ってきたのかもしれません」

一同が桜井に注目した。

須田が仏像のような顔のまま尋ねた。

「戻ってきた……？」

「はい。爆弾を仕掛けた犯人が、何かの理由で……。予定した時間に爆弾が爆発しなかったのかもしれません。あるいは、仕掛けた爆弾が発見される危険があったとか……。そのときに、咄嗟《とっさ》に周囲の人に声をかけてしまったのかもしれません」

安積は、村雨をちらりと見た。村雨がどういう反応を示すか気になったのだ。

村雨は、相変わらず無言で考え込んでいた。桜井の意見だからといって、ことさらに軽んじるようなことはなさそうだ。

安積は言った。

「桜井の説は筋が通っているように思う。だが、いずれも推測の域を出ない。まずは、個室トイレ故障発言に言及していない原嶋光一に、確認してみてくれ。彼もその言葉を聞いていて、忘れていたのかもしれない。その他についても、聞き込みの裏付けを取ってくれ。

以上だ」

係員たちが、それぞれに出かける用意を始めた。安積は、手もとにある書類や伝票が片づいたら、もう一度糠田順一に会いに行ってみようと思っていた。

個室のトイレが故障しているという発言を、どういう状況で聞いたのか、もっと詳しく知りたかったからだ。

伝票や書類に判を押していると、出入り口に速水の姿が見えた。

また、署内パトロールか……。

安積は苦笑したい気分だった。速水は、悠然と安積に近づいてきた。安積は、おや、と思った。速水がいつになく真剣な顔をしている。

安積の席の脇に来ると、速水は言った。

「おまえも見たそうだな」

安積は、思わず速水の顔を見返していた。

「何のことだ？」

「特車二課の特車だ」

安積は、ゲリラ豪雨の中の巨大な影を思い出した。

そのときの恐怖までもが、ありありとよみがえった。

いや、恐怖というより畏怖《いふ》だろうか。

大げさな言い方をすれば、人類という種の遺伝子に組み込まれた、巨大で強力なものに対する、根源的な畏《おそ》れだ。

「はっきり見たわけじゃない」

安積はこたえた。「ものすごい雨で、何もかも霞んでいた。その雨の中、会場の搬入口の前を横切っていった」

「警備課でも話題になっていた。ついに、特車二課が、秘密の装備を起動させたんだ、とな……」

「秘密の装備か……」

「技術系の部署からの噂《うわさ》だが、その装備が起動したとき、無線が使えなくなったんだって？」

安積は思い出した。

「そういえばそんなことがあったな……」

「装備のアクチュエイタなんとかのせいだそうだ」

「アクチュエイタでしょう」

須田の声がした。一度出て行った須田と黒木が戻ってきていたのだ。

安積は驚いて言った。

「おまえ、まだいたのか？」

村雨・桜井班はすでに聞き込みに出かけている。

「ええ、出かける前にちょっと調べ物をしたくて……」

黒木が自分の席で、手持ち無沙汰の様子で須田を待っていた。

速水が須田に言った。

「何だ、そのアクチュ……」

「アクチュエイタ。人間で言えば筋肉ですね。油圧器なんかが代表的です。フレームを動かすための装置ですよ」

速水が不可解そうな表情で言う。

「油圧器が無線の妨害をするのか？」

須田も眉をひそめた。

「どういうことです？」

「特車二課の新装備のアクチュエイタから電磁波が漏れ出して、近くの無線の妨害をしたというんだ。今後、それを改良するために新装備は、開発した民間会社に送り戻されるらしい」

まったく、こいつはどこからこういう情報を仕入れてくるのだろう。

安積はあきれていた。

須田が言った。

「たしかに、あのとき一時的に無線が使えなくなりました。あれが、特車のアクチュエイタのせいだっていうんですか？　そんな話は聞いたことがないですね。でも、そうだとしたら、新しい特車って、ただの重機じゃないかもしれません」

「ただの重機じゃない？　じゃあ、何なんだ？」

須田は、驚いた顔になった。

「俺にはわかりませんよ。ただ、油圧でフレームを動かすクレーンなんかより、複雑な機械かもしれません」

「複雑な機械ね……」

「すまんが、おまえの好奇心につき合ってはいられないんだ」

安積は速水に言った。「須田も黒木も出かけなければならない。俺も出かける」

速水は、肩をすくめた。

「好奇心が人類の科学を発展させたんだぞ」

「俺は科学よりも捜査に興味があるんだ。いいから、自分の部署に戻れよ」

「本当に、特車二課の新装備を見ていないんだな？」

「見ていない」

そう言いながら、安積は、再び、雨の帳《とばり》の向こうの巨大な影を思い出していた。

15

安積は、もう一度糠田順一に話を聞こうと、昨日訪ねた大学病院に向かった。

今日は、よく晴れている。つまり、それだけ暑いということだ。署を出たとたんに、汗が噴き出してきた。

だが、ありがたいことに潮風が吹いていた。お台場は比較的緑が多い土地だ。もちろん埋め立て地なので人工的な緑に過ぎないが、それでもアスファルトとコンクリートが蓄熱するのを、多少は和《やわ》らげてくれる。

東京というのは、もう後戻りできない発展の仕方をしているのだなと、つくづく思う。ショッピングモールの借地権が切れて、今度はそこを自動車会社が買うというような話があった。だが、未曾有《みぞう》の経済危機で、その話もどうなったかわからない。

お台場は変わっていく。だが、間違いなく安積が望まない方向に変わっていくに違いない。

年を取るにつれて、昔の風情がなつかしく思い出される。夏は、窓によしずを張り、夜になると、そこから明かりとともに、蚊取り線香の匂《にお》いやナイター中継の音が漏れ出していた。

路地を通ると、いろいろな匂いがした。

人の声もした。

すれ違うときには、人々は必ず立ち止まって二言三言の言葉をかわした。大人は子供の手を引いて歩いていた。

それが町だ。人々の生活があり、人が歩くための路地がある。お台場のような新しい街は、車を中心に考えているに違いない。

たしかに散歩をするような公園はたくさんある。だが、その公園と公園を結ぶ道は無味乾燥な感じが否めない。

ビルとアスファルトの車道が中心の街。それがあまりにみすぼらしいので、緑地を配置してみた。そんな感じなのだ。

お台場だけでなく、有明のあたりも同様だ。空撮した写真を見れば、そのあたりは、実に整然としている。だが、それは実際に歩いてみるとおそろしく味気ないことを物語っている。

そんな場所にある展示場に、文明の落とし子とも言えるオタクたちが集まってくる。それが、いつしか社会現象にまでなってしまった。

爆破事件は、あるいは人の生活が介在しない、東京の発展の方向性が生んだのかもしれない。

ネットで爆破予告があったというのも象徴的な気がした。そこには、他人の存在がないのだ。

他人との関わりがないと言うべきか……。

つまり、著しく社会性を欠いているのだ。ちゃんとした人間の生活が失われていなければ、こんな事件が起きなかったような気がした。

いや、こういうことは考えるべきではない。少なくとも、刑事が考えることではない。

安積は、そう自分を戒めた。

まだ、容疑者は絞られていない。爆発物を仕掛けた動機もわかっていない。

単純に、都市化、つまり社会性の欠如がもたらした犯罪と決めつけるのは危険だ。

まだ午前中だというのに、気温は三十度を超えている。その気温と湿度が、気分を滅入《めい》らせ、考えなくてもいいことを考えさせているに違いない。

安積はそう思うことにした。

病院は、夜と昼とではまったく雰囲気が違う。昼の大学病院というのは、患者でごった返している。頻繁に、院内放送が入る。

たいていは、患者や医者の呼び出しだ。時折、研修の告知などが入る。

それにしても、世の中には病気の人がこんなにもいるものなのかと、あらためて思ってしまう。

安積は、幸いにして持病もなく、普段、あまり病院に行くことがない。だからなおさら、そう感じてしまう。

ナースステーションに行き、来意を告げた。若いナースが、眉間《みけん》にしわを作って言った。

「面会時間は三時からなんです。警察もその時間に来てくれるとありがたいんですがね……」

このナースは、何かに苛立《いらだ》っている様子だ。誰でも、多少は苛立っている。おそろしく多忙そうなので、そのせいかもしれない。

夜勤明けで疲れているのかもしれない。いずれにしろ、患者にはもっと優しく接するに違いない。

こちらは、病院の規則を無視して患者に会わせてもらう立場だ。ことさらに丁寧に言った。

「申し訳ありません。三時まで待っていると、こちらの仕事が滞ってしまうのです。できるだけ短時間で済ませますので……」

相手の態度は少しだけ軟化した。

「今なら、まだ回診前ですから、お会いになれると思いますよ。ただし、本人が話したくないと言ったら、無理強《じ》いはしないでください」

「わかっています」

病室に近づくと、廊下に制服を着た警官がいた。昨夜とは別の地域係員だった。

安積が近づいていくと、気をつけをした。

「今、会えるか？」

「はい。だいじょうぶだと思います」

病院の中は、空調がきいているが、それでも暑かった。今日は、半袖のシャツにノーネクタイだった。カジュアルな恰好《かっこう》をしているつもりはない。ただスーツから上着とネクタイを取り去ったというだけのことだ。典型的なオジサンの恰好だ。

糠田順一は、昨日とまったく同じ恰好でベッドに横たわっていた。

「すいません、ちょっとよろしいですか？」

病室の入り口で、そう声をかけると、彼は安積のほうを見た。昨日よりずいぶんと落ち着いて見える。

おそらく昨日は、自分の身に起きたことをちゃんと受け容れられずに、混乱していたに違いない。

今日は、かなり心の中の整理がついた様子だ。別な言い方をすれば、諦《あきら》めたのだ。怪我をして、こうして足を吊《つ》られていては、じたばたしても始まらない。

「ああ、刑事さん。誰かと話していたほうが、気が紛れます」

「痛みますか？」

「痛みよりも、動けないことが辛いですね」

「昨日のお話を、もう少し詳しくうかがいたいのですが……」

「昨日の話？」

「『個室のトイレが故障している』と言われたんですよね？」

「ああ、そのことですか……。ええ、言われました」

「もう一度、そう言っていた人物の人相や服装を教えていただけますか？」

「髪は、長くもなく短くもなく……。染めてもいませんでした。眼鏡をかけていました。縁なしだったかな……。あるいは縁はあったけど目立たない細い銀色だったかもしれません。年は、僕と同じくらい。つまり三十代の半ばに見えました。服装は、黒いTシャツにカーキ色のカーゴパンツ」

安積は、メモを見ながらそれを聞いていた。昨日と違う点が一つだけあった。

「その人が着ていたTシャツですが、昨日あなたは、黒っぽいTシャツとおっしゃった。今日は、黒いTシャツとおっしゃいました。どちらが本当でしょう？」

糠田順一は、驚いた顔で安積を見た。

自分でもその違いに気づかなかったようだ。あるいは、警察がそんな細かなことにまでこだわるのに驚いたのかもしれない。

一般人が、どうでもいいと思うような些細《ささい》なことが、警察官にとって重要である場合が少なくない。

犯罪者は、些細な失敗をする。それで逮捕されることになるのだ。

今はもちろん糠田順一を責めているわけではない。単にどちらなのかを確認したいだけだ。

「あれから何度も、あの場面のことを思い出してみました。昨日、刑事さんに尋ねられたときは、かなり印象が漠然としていました。今は、はっきりと記憶に残っています。間違いなく、Tシャツの色は黒でした」

「何か、絵とか文字とか、書かれていませんでしたか？」

「何か書いてあったかもしれません。でも、そこまでは覚えてないですね」

安積はうなずいた。

「その人物は、あなたに向かって『個室のトイレが故障している』と言ったのですか？」

糠田順一は、怪訝そうな顔を安積に向けた。

「僕に向かってって……。それはどういうことですか？」

「あのとき、爆発に巻き込まれて怪我をされた方々が、あなたを含めて五人いらっしゃいます。その中の四人が、同じことを言われたと供述されている。あのトイレは狭かったでしょう？　そして、爆発に遭遇したわけですから、あなたを含めて五人は同じ時間にトイレにいたことになります。四人が別々にその人物に同じことを言われたというのは、考えにくい」

糠田順一は、眉間にしわを刻んでいる。考えているのだろう。

「よくわかりませんね。同じ時間に、あのトイレにいたら、何だと言うんです？」

「つまり、あなたを含めた四人の方々は、同一人物の同じ発言を聞かれたのではないかということです。個室のトイレが故障しているという言葉は、間違いなくあなた一人に向けて言われた言葉なのでしょうか？」

「そう言われると、そうじゃなかったかもしれません。たしかに、僕にだけじゃなく、他の人にも聞こえるように言った可能性はあります。でも……」

「でも、何です？」

「だとしたら、どんな意味があるんです？　僕個人に声をかけたのと、他の人にも同時に声をかけたことは、どんな違いがあるんですか？」

「わかりません。ただ、四人の人が同じような経験をしている。つまり、『個室のトイレが故障している』という発言を聞いているのです。その発言が、同一人物の同一の発言だったかどうかを確かめたいだけです」

「確かめて、どうなるんです？」

「四人の方々が見た人物が一致すれば、その人物が爆発物を仕掛けた犯人である可能性が高いということになります」

「じゃあ、あの黒いTシャツにカーゴパンツの男が犯人だったのですか？」

「その可能性はおおいにあると思います。もう一度顔を見れば、その人とわかりますか？」

糠田順一はしばらく考えてから言った。

「わかると思います」

「では、犯罪歴のある人々の写真を見るとか、似顔絵を作るといったことにご協力いただけますか？」

「いいですよ」

糠田順一は言った。「どうせ、身動きが取れないんですから……」

「その節はよろしくお願いします。何度もあの場面のことを思い出されたということでしたね？」

「ええ」

「個室のトイレが故障していると言った男は、爆発のとき、どこにいたのでしょうね」

また天井を見つめるようにして、しばらく考えていた。

「覚えてませんね。僕は、用を足そうと、その男に背を向けてしまいましたから……。妙な男だと思いましたから、関わり合いになりたくなかったし……」

「声をかけられたとき、トイレの中にどんな人たちがいたか、覚えていますか？」

「ぼんやりと……」

「何人の人がいたかわかりますか？」

またしばらく考えた。

「いや、正確には覚えていませんね。でも、僕を含めて五人の人が怪我をしたのでしょう？　ならば、僕以外に四人いたということじゃないんですか？」

「そこが問題なんです」

「問題？」

「『個室のトイレが故障している』と発言した人物が、その五人の中に含まれているかどうか……」

「犯人が、その五人の中にいるということですか？」

「もし、その人物が五人の中にいたとしたら、その可能性はかなり大きくなると思います」

「僕じゃありませんよ」

安積はうなずいた。

「それはわかっています」

「他の四人の写真を見せてくれればわかりますよ」

「そうですね。おそらくそうさせていただくことになると思います」

「いつでもいいですよ」

糠田は、興味をそそられた様子だった。その態度が、意外だと感じた。なぜそう感じたのか、安積は自分でもわからなかった。

「今日は、これで引きあげることにします。どうもお邪魔しました」

病室を出ると、地域係員がまた気をつけをした。

そんなにしゃちほこ張らなくてもいい。

そう言ってやろうかとも思ったが、結局、何も言わずうなずきかけただけで、その場を去った。

再び汗びっしょりになって、署に戻った。

考え事をして歩いていると、うっかり旧庁舎のほうに行きそうになる。長年、通い慣れた道だ。体が覚えてしまっているのだ。

署内は、省エネとかで、冷房があまりきいていない。

都はノーネクタイを奨励しているが、警察官はかたくななので、夏でもスーツを着ている者がいる。

安積も三十代の頃は、無理をしてスーツを着ていた。だんだん、何事にも無理をしなくなってきた。

これは進歩なのだろうか、後退なのだろうか……。

まだ、他の係員は戻ってきていない。

強行犯第二係も人がまばらだった。相楽と眼が合ってしまった。仕方がないので、会釈をした。

相楽が立ち上がって近づいてきた。何か話があるようだ。

「爆発物の件ですがね……」

安積の席の脇に立つと、相楽が言った。「爆弾なんかじゃなかったようです」

安積は、思わずきょとんとしてしまった。

「爆弾じゃなかった？　だが、実際に爆発したじゃないか」

「そう。爆発はしました。ですから、広い意味で言うと爆弾なんですが、昔過激派が作ったような時限爆弾などではないということです」

持って回った言い方が苛立たしい。

「じゃあ、何が爆発したというんだ？」

「小型のガスボンベです」

「ガスボンベ……？」

「そうです。カセットコンロに使うやつですね」

鍋などをやるときに使用する小型のガスコンロに使用するガスボンベのことか……。

「それを、電熱器の上に乗せましてね。スイッチを入れたというわけです」

ガスボンベは、加熱されると爆発することが知られている。通常に使用していても、ガスボンベを覆ってしまうような大きな鍋やプレートを使用すると、過熱して爆発するらしい。

加熱に電熱器を使うと、原始的ではあるが効果的な爆発物となる。

ただ、相楽が言うとおり、かつての過激派などが作ったり使用したりした時限爆弾などに比べると、ずいぶんと簡単だ。

もちろんプロの手口とは言えない。

「ガスボンベを電熱器で加熱……」

安積は考えながら言った。「そうなると、爆発の時間を特定することはできないな……」

「時間の特定どころか、うまく爆発するかどうかもわからない……」

相楽は、どこか蔑《さげす》むような口調だった。

「何か、気に入らないことがあるのか？」

「もっとましな犯人を追っかけたかったと思いましてね」

安積は、またしても相楽に驚かされた。

「犯人にましもへったくれもあるか」

「もっと手ごたえのあるやつだと予想していたんですよ。でも、これは素人の手口です。ガスボンベなんて、どこのスーパーやコンビニにも売っているし、電熱器だって電器屋や量販店で簡単に手に入ります。誰にでもできる犯行ですよ」

「だからこそ、捜査が難しいんじゃないか。特別な機材を使ったのなら、そこから容疑者を特定することもできる。だが、誰でも手に入れられる物を使ったとなれば、遺留品から容疑者を特定することが難しくなってくる……」

「ま、おっしゃるとおりですがね……」

相楽は、やる気を削《そ》がれているように見える。

彼のメンタリティーが理解できなかった。いや、理解できないわけではない。認めたくないだけかもしれない。

相楽は、捜査をまるでゲームのように考えているようだ。相手が手強《てごわ》ければ手強いほどやる気が出るのかもしれない。

今回、実際に爆発物が仕掛けられた。そして、爆発が起こり、怪我人が出た。

相楽は、犯人に挑戦されたような気持ちになっていたようだ。

常に誰かと競争をしていて、自分が手がける犯罪は、社会的にも重要なものでなければ気が済まない。

相楽はそういうやつなのだ。野心がある。

野心自体は悪いことではない。だが、仕事に優劣をつけるようなことは許されない。

安積は釘《くぎ》を刺しておこうと思った。

「犯人の背後に、政治的な思想や、重大な動機があることを期待していたのかもしれない。そうなれば、被疑者を検挙したときのマスコミの反応も大きくなる。警察内での評判も上がるかもしれない。だがな、実際に捜査が難しいのは、犯人の顔が見えないような犯罪なんだ。だから、通りすがりの衝動的な犯罪の捜査が一番難しい。今回の事案は、それに近いものがある。つまり、誰でも入手できる道具で犯行に及んだ。こういう事案にこそ、心してかからなければならない」

相楽は急に不機嫌そうな表情になった。

「それくらいのことは、わかってますよ」

わかりやすいが、扱いが難しい男だ。安積は、話を終えることにした。

「わかっているなら、それでいい」

「私は、あなたの部下ではないのですよ」

そう言ってから、相楽は安積の席を離れていった。

その捨て台詞《ぜりふ》が気に入らなかった。

16

午後三時を過ぎた頃、まず村雨・桜井組が戻ってきた。

「小松行彦と串田昭雄、双方に話が聞けました」

村雨が報告する。「個室のトイレが故障していると言った人物について、詳しい話が聞けました。小松行彦は、人相について目立たない男だったと言っています。服装は、黒いTシャツを着ていたのを覚えていました」

黒いTシャツ。

糠田の供述と一致する。村雨の報告が続いた。

「串田昭雄は、その男が眼鏡をかけていたと言っています。細い銀縁の眼鏡だったそうです。年齢については、二人とも三十代だろうと言っています。段ボールをくくりつけたキャスターを引いていたらしいです」

眼鏡、年齢、キャスター。いずれも、糠田も言っていたことだ。

安積は言った。

「小松と串田の二人が声をかけられたという人物も、糠田の言う人物と同じだと考えていいな」

「そう思います」

「爆発のときに、その人物がどこにいたかについては、二人はどう言っている?」

「覚えていないと言っています。爆発のショックでそれどころではなかったということです。小松行彦と串田昭雄は同じ大学に通う友人同士ですが、爆発直後は互いのことを確認する余裕もなかったと言っています。小松は、警備員が来て初めて、串田がどうなったかが心配になり、周囲を見回したと言っています。串田もほぼ同様の供述をしています」

「突然、近くで爆発が起きたら、そんなものだろうな」

「そばに誰がいたかなんて、ちゃんと認識できないだろうと思います。二人の供述は納得できるものだと思います」

桜井が一言も発言していない。

安積は、尋ねた。

「桜井、おまえはどう思う?」

桜井は、ちょっと考えてから言った。

「特に付け加えることはありません」

「村雨は、二人の供述は納得できるものだと言った。おまえはどうだ?」

「特に問題はなかったと思います。ただ……」

「ただ、何だ?」

「その『個室のトイレが故障している』と声をかけた人物について、気になりはじめたんです」

「気になる?」

「どう考えても、行動が不自然だと思うのです。訊かれもしないのに、個室が使えないと他人に教えてやるなんて、怪しいやつだと思われるのが当然でしょう。もし、そいつが犯人なら、そういう行動はひかえるんじゃないかと思うんですが……」

「そうじゃない場合もある」

村雨が言った。「もし、犯人が冷静さを欠いていたら、そういう行動を取ってもおかしくはない」

村雨に言われて、桜井は、また考え込んだ。

若い者の頭を押さえつけるような言い方は避けたほうがいい。安積は言った。

「村雨の言うとおりかもしれないが、桜井が言ったことにも一理ある。事実、私が話を聞いた糠田順一は、その人物のことを妙なやつだと感じたと言っている。それだけ、目撃者の印象に残ってしまうということだ」

村雨は、思案顔でうなずいた。

「わかりました。刑事が何かひっかかると感じたのだから、無視はできませんね」

桜井を一人前の刑事として見ているような言い方だ。本当にそう思っているのなら喜ばしいことだと、安積は思った。

「犯人は、爆発がいつ起きるか、気になっていたのかもしれない」

安積がそう言うと、村雨と桜井は同時に安積のほうを見た。その二人の仕草がよく似ていたので、安積はちょっと驚いた。

村雨が安積に言った。

「いつ爆発が起きるか……。それはどういうことです?」

「爆発物には、正確な時限装置など付いていなかった。カセットコンロに使うガスボンベを電熱器の上に乗せただけのものだったということだ」

村雨がまた思案顔になった。

「それじゃたしかに、いつ爆発するかわかりませんね……」

「引き続き、聞き込みを続けてくれ」

「わかりました」

村雨と桜井が席に戻った。

安積は、桜井が言ったことについて、あらためて考えてみた。

犯人は、爆発物を発見されるのを恐れて、ドアを開けないように、トイレにいた人々に声をかけたのだろう。

だが、桜井が言うとおり、他人の目にはその行動はかなり奇異に映るだろう。実際、糠田は、妙な男だから関わり合いになりたくないと感じていたのだ。

その男は、何を意図していたのだろう。村雨が言ったように、ただ冷静さを欠いていただけなのだろうか。

しばらくすると、須田と黒木も戻ってきた。いつものように、須田が深刻な表情で黒木にあれこれと話しかけている。

黒木は、ただあいづちを打つだけだ。見ようによっては、黒木が説教をされているようでもある。

だが、そうではないことを、安積は知っていた。須田は、聞き込みの印象やら感想やら

を、黒木に話しているのだ。聞いてもらっていると言ってもいい。

黒木は、それを重要なことのように、ただ黙って聞いているのだ。

須田は、自分の席に寄らずに、まっすぐに安積の席の脇にやってきた。

「チョウさん、二人ともなんとか話を聞けましたよ」

「芝原道夫と、原嶋光一だったな？」

「ええ、そうです。まず、原嶋光一ですがね、トイレで不審な人物は見かけなかったと言っています。誘導尋問になるといけないと思ったんですが、確認しなきゃいけないので、あえてこう尋ねました。『個室のトイレが故障している、というようなことを言っていた人物に心当たりはありませんか』って……。こたえは、ありません、でした」

「芝原道夫のほうは、その発言を聞いているし、人物を目撃してもいるんだな？」

「はい。あらためて確認しました。たしかに、チョウさんが話を聞いた糠田順一でしたっけ？　彼と同じ言葉を聞いていますね」

「芝原は、その人物の人着《にんちゃく》についてはどう言っていた?」

「特徴のない人だと言ってましたね。ちらりと見ただけなので、あまり覚えていないけれど、黒いTシャツを着ていたと思うと言ってました」

「それは、糠田順一や、村雨たちが話を聞いた二人も同様のことを言っている」

「その人物を発見しなければなりませんね」

「しかし、妙だな……」

安積は、考え込んだ。「芝原道夫と原嶋光一は、爆発のときにトイレにいた。だから怪我をしたんだ」

須田がうなずく。

「はい」

「だが、芝原は、『個室が故障している』と言った人物の声を聞いており、原嶋は聞いていない。これはどういうことだ?」

「たしかに、妙ですね……」

須田も考え込んだ。

安積は、黒木に尋ねてみた。

「おまえは、どう思う?」

「入れ違いだったのかもしれません」

「入れ違い?」

『個室男』が、個室は故障しているという発言をした直後、トイレを出たとします。それと入れ違いで原嶋光一がトイレに入ってくる。そのときに爆発が起きた……。そういうタイミングだったのではないでしょうか」

「たしかに……」

須田は言った。「それなら、辻褄《つじつま》は合うか……」

だが、須田の表情は、納得していないことを物語っている。安積は尋ねた。

「何か、別の考えがあるのか？」

「いえ、黒木が言ったことは合理的だと思いますよ」

須田が言うとおり、黒木の発言はあらゆる点で合理的に思えた。まず、不審人物に『個室男』というあだ名を付けた。これによって、話し合うときのまどろっこしさが一つ解消した。

容疑者とも呼べないし、不審人物というと漠然とし過ぎている。『個室男』というのは絶妙の命名だ。

そして、タイミングの問題は、たしかに現時点で知り得た情報をうまく説明している。

気になるのは、須田の態度だった。おそらく慎重になろうとしているのだろう。あるいは、まだ須田の琴線《きんせん》に触れるものが見つかっていないのかもしれない。

安積は、須田と黒木にも爆発物について説明した。すると、須田が目を丸くした。

「へえ、そんなことを考えつくやつがいるんですね。僕なんか、カセットコンロを見ると、鍋のことしか頭に浮かびませんがね……」

村雨が失笑した。

いや、もしかしたら親しみを込めた笑いだったのかもしれない。だが、安積にはどうしても嘲笑《ちょうしょう》のように見えてしまう。

村雨に怨《うら》みがあるわけではない。嫌いなわけでもない。長年いっしょに働いた大切な部下だ。

だが、反りが合わないのは事実だ。それは安積にもどうしようもない。

須田の発言は、おそらく事実ではない。須田は、他人が思うよりずっと多くのことを考える男だ。少なくとも、カセットコンロを見たら、安積より多くのことを連想するに違いない。

太っているので、そういう発言をすれば周囲が喜んでくれる。そう考えたに違いない。

須田は、常に周囲が望むようなパーソナリティーを演じようとする。

自分を持っていないわけではない。だが、他人の前では本当の自分を出そうとはしない。安積ですら、本当の須田がどういう人間なのか、ときどきわからなくなることがある。

村雨が言った。

「しかし、やっかいな事件になりましたね……」

さすがに村雨だ。先のことを読んでいる。安積はうなずいた。

「爆発物のことを知らせてくれた相楽ともその話をした。爆発物は特殊なものではなかった。つまり、誰でも入手できるものだったわけで、遺留品から容疑者を絞り込むことが難しくなった」

村雨がうなずく。

「しかも、これ、やろうと思えば誰でもやれる手口なので、模倣犯が出ないとも限りませんよ」

「問題はそこなんだよ」

須田が言った。「これ、言ってみればコロンブスの卵でしょう？　爆弾を仕掛けるとなると、ちょっとした大事《おおごと》に思えますよね。爆薬を入手するのはたいへんだし、時限爆弾を作るには専門的な知識がいります。でも、カセットコンロのガスボンベと電熱器で、時限爆弾と同じようなことができちゃうわけですよね。発想の転換です。それを不特定多数に教えてしまうことになる……」

二人の言うとおりだと思った。

事態は、思ったよりずっと悪い方向に進んでいるのかもしれない。

簡単な装置で時限爆弾に近い効果を得ることができる。村雨が言うとおり、模倣犯が出かねない。

おそらくインターネットが、その犯罪を助長するだろう。ネット上では、こうした危険な情報ほど、素早く、詳しく、繰り返し語られる。

課長の声が聞こえた。課長室の出入り口から安積の名を呼んでいる。新庁舎になってから、内線電話で部下を呼び出していたが、昔ながらのやり方に戻したようだ。

安積は、席を立って課長室に向かった。

「何でしょう？」

「捜査本部を作ることになった」

「臨海署にですか？」

「捜査本部というより、警備本部と言ったほうがいいかもしれない。本庁の警備部からかなりの人数がやってくることになったようだ」

「警備本部なら、最高警備本部から管内警備本部まで厳密な区分があるはずです。それに、警備対象を定めなければなりません」

「おい、村雨みたいな言い方をするなよ」

「事実ですから……」

「事実上は、捜査本部なんだ」

「爆破事件ですか？」

「そうだよ。被害の大きさから考えると、捜査本部や特捜本部を設けるほどの事案じゃない。だが、インターネットで予告があり、大きなイベントの最中に実際に爆発が起きた。社会的な影響は無視できない。そこで、本庁は、帳場《チョウバ》を立てることにした。当初は、刑事部主導の捜査本部だったが、爆破事件ということで、警備部から横槍が入った」

安積は、病院で会った警備部の山下を思い出した。

イベント会場で爆発があったとなれば、警備部としては黙っていられない。それは理解できる。だが、山下にも言ったことだが、警備部の第一の仕事は、爆発を未然に防ぐことだろう。

起きてしまった後のことは、刑事に任せてもらいたいものだ。

「その本部を警備部が仕切るということですか？」

「被疑者の身柄確保は、刑事の仕事だよ。だから、君を呼んだんだ。臨海署では、強行犯係が中心になって本部に参加する」

捜査本部に参加するということは、別の仕事はすべて後回しにするということだ。しかも、二十四時間態勢の捜査となる。捜査員にとってはそれだけでも負担が大きいが、今回は、警備部がいっしょだという。

余計なトラブルがなければいいが……。

安積はそう思った。

その上、この捜査本部は、相楽たちが臨海署にやってきて初めてのものとなる。その点でも、少々気が重かった。

だが、始まる前から気にしていても仕方がない。

「わかりました。すぐに準備にかかります」

「そうしてくれ」

安積は、課長室を出て席に戻った。入れ替わりで、相楽が呼ばれた。

捜査本部のことを伝えるのだろう。二人いっぺんに呼べば手間が省けるものを……。安積はそう思っていた。

だが、あえて一人ずつ呼ぶのが榊原課長なのだ。微妙に指示の内容を変えるのかもしれない。そういう細かな気配りをする人だ。

席に戻ると、安積は部下たちに言った。

「爆破事件の帳場が立つそうだ。俺たちは、それに参加する」

村雨が尋ねた。

「いつからですか？」

「準備でき次第、詰めることにする。今回の捜査本部に参加するに当たって、言っておきたいことがある」

この言葉に反応したのは、須田だった。

「何です、チョウさん」

「今回の捜査本部では、イベント会場での爆発という特殊な事案を扱う。そのために、本庁からは刑事部だけではなく、警備部もやってくるらしい。臨海署の警備課も参加するだろう。余計なトラブルを起こさないように頼む」

「それは心配ないですよ」

須田が言った。「役割分担をちゃんと心得ていればいいんです」

「おまえは、それで済むかもしれない」

村雨が言った。「だが、そうでないやつもいる。係長はそれを心配しているんだ」

村雨は、安積の言葉を補ってくれたのだ。にもかかわらず、須田に味方したくなった。

「それからな……」

安積は、声を落として言った。「第二係に対して、過剰な競争心を抱いたりしないように気をつけろ」

第二係の係員たちはすぐ隣の島にいる。彼らに聞かれないように注意を払っていた。

過剰な競争心を抱くとしたら、第一係ではなく、第二係のほうだろうと思ったが、それは言わないでおくことにした。

「了解です」

村雨が言った。

17

新しい臨海署の講堂は、広くてまだぴかぴかだった。新しい建材の匂いがしている。古い警察署の講堂などは、いくら掃除してもぬぐいきれない澱《おり》のようなものが溜《た》まっている気がする。

かつて、役所がそれほど禁煙に熱心でない時代には、捜査本部などができると、一晩中煙草《たばこ》の煙がこもっていた。

そのせいで、講堂には煙草のヤニがこびりついたりしていたものだ。今では、署内のほとんどの場所が禁煙になってしまった。おかげで、この講堂の壁が煙草のヤニで汚れることはないだろう。

捜査本部幹部が座るひな壇の席がいつもより多い。刑事部だけでなく、警備部からも幹部が来るということだ。

榊原刑事課長は、ひな壇ではなく管理官たちがいる島に座っている。

まだ、幹部たちはやってきていない。安積は第一係の連中と、今まで知り得た事柄の確認をしていた。

そこに相楽たち第二係がやってきた。相楽が安積に言った。

「お互いに捜査した内容を共有しておきましょう」

別に断る理由はない。

安積は、爆発の現場で怪我をした五人について説明した。そして、そのうちの四人が見ている『個室男』のことも話した。

「『個室男』ですか……」

相楽は、何事か考えながら言った。「それが実行犯でしょうね」

「まだ、断定はできないが、その可能性はかなり高いと思う」

「しかし、その男がネットに予告した人物かどうかはわからない。それが、我々第二係の見解です」

安積は、思わず眉間にしわを刻んだ。

「どういうことだ？」

「ネットでの予告は、やはりいたずらでしかなく、その書き込みを見た者が、実行に及んだのです。つまり、どちらも愉快犯ですね」

安積は、相楽が言ったことについて、真剣に考えてみた。

「何か根拠があるのか？」

「爆発物が意外に簡便だったことから推測したんですよ。もし、あれが時限装置、信管、爆薬などを使った、ちゃんとした時限爆弾だったら、ネットでの予告も含めた、かなり計画的な犯行と見なすことができたかもしれません。しかし、あの爆発物はとてもそうとは思えません」

相楽にとって、計画的な犯罪であることが必要なのだろう。そうでなければ、捜査する価値もないとさえ言いたげだ。

安積は言った。

「その可能性はおおいにあるな。だが、もし、そうだとしても、予告犯、実行犯ともに検挙しなければならない。そして、それは、計画的犯行よりも、捜査が難しいんだ」

「それにしても……」

相楽は言った。「警備部までやってきての大騒ぎとは……。これ、大山鳴動して何とやらにならなければいいんですがね……」

まるで他人事《ひとごと》のような言い方だ。

すでに、相楽は本気で捜査する気をなくしているかのようだ。動機を失っているのかもしれない。

犯人に動機があるように、捜査する側にも動機が必要なのだ。この場合、動機とはやる気を起こさせる何かだ。

まあいい。相楽の気持ちがどうあれ、第一係は自分たちの仕事をするだけだ。

「それ、根拠になってませんね」

突然須田がそう言って、安積を驚かせた。

相楽が須田を見据えた。

「根拠になっていないって？　それはどういうことだ？」

「爆発物が簡便だったからって、本気じゃなかったということにはなりません。現に、時限爆弾と同じくらいの効果をもたらしているんです。それに、計画的ではなかったということにもなりません。犯人は知恵をしぼったと思いますよ。どこにでも売っているものを使用するということは、それだけ足がつきにくいということですから……」

「ふん、結果的にそうなっただけだろう」

「結果的に、安易ないたずらに見えるだけかもしれません」

相楽は、みるみる不機嫌になっていった。

「『個室男』の行動だって、聞いたところではまったくの素人のものだろう。ただうろたえて、周囲の者に自分のことを印象づけてしまったんだ」

「それも、計算のうちだとしたら……」

「そんな計算があるものか。ネットに予告した人物と、爆発物を仕掛けた実行犯は別者だ。しかも、両者には何の接点もない。つまり、それがネット犯罪の特徴なんだ」

安積は、この発言にちょっと危険なものを感じた。

相楽は、インターネット上での爆破予告犯を捕まえた。そして、その被疑者からネット犯罪について、詳しく話を聞き出した。

それですっかり、ネット犯罪通になったつもりでいるのではないだろうか。

「今のところ、どちらにも軍配は上げられない」

安積は言った。「今後の捜査の進展を待とう」

相楽が何か言おうとしたが、そこに幹部が入ってきて会話は中断した。

全員が起立した。刑事部長までがやってきた。通常、規模の小さい捜査本部には部長はやってこない。たてまえ上は、捜査本部や指揮本部は、部長が招集し指揮を執ることになっている。

だが、部長ともなればたいへん多忙なので、捜査本部に常駐することはできない。席だけ用意するが、たいてい空席になっている。安積から見れば、部長など雲の上の存在だ。本部にいるだけで息が詰まりそうになる。いてくれないほうがありがたい。

刑事部長の隣には警備部長までがいた。これは、異例のことだ。警備部長が臨席するのは、国賓クラスが来日する際の警備本部くらいのものだ。

警視庁では、今回の事件にそれくらい入れ込んでいるということだ。

そのやる気が裏目にでなければいいが……。

安積はそんなことを思っていた。

刑事部からは、部長以下、捜査一課長、理事官、管理官一名、そして、捜査員が一個班来ていた。

警備部からは、部長と警備第一課長、管理官一名が来ている。係員は捜査一課と同じく一個班ほどの人数だ。

それに、東京湾臨海署の刑事課が十人と、警備課からやはり十人程度が加わる。その他、連絡係や本部総務の係が数名。

捜査本部全体としては、八十人規模といったところだ。それほど大きな捜査本部ではない。

そこに部長が二人も臨席している。

おそらく、互いに引くに引けないといったところなのだろうと、安積は思った。欠席すればそれだけ自分の部下が不利になる。そう考えたに違いない。

冒頭の挨拶《あいさつ》で、刑事部長が言った。

「こうした社会的に影響力が大きい事件は、決して許してはならない。犯人をできるだけすみやかに検挙すべく、全力で捜査していただきたい。なお、さらなる爆破事件が起きないように配慮する必要があり、そのために、特別に警備部の協力をあおぐことにした」

明らかに、警備部長を牽制《けんせい》している。主導権は刑事部にあり、警備部はそれに協力しているに過ぎないと言明したのだ。

それに対して、警備部長が挨拶の中で、こう述べた。

「今や社会現象ともいうべき大きなイベントに対し爆破予告がなされ、実際に爆発が起きた。これは社会に対する挑戦であり、テロと見なければならない。テロ事案は、警備部が担当するべきものであり、今後、同一犯、模倣犯含めて、決して同じような事件を起こすことを許さない覚悟でいる」

この事案の主導権を握るのは、警備部だと言っているのだ。

安積は、気分が重くなった。

どちらが主導権を握ろうがどうでもいいことだ。容疑者を特定して、身柄を確保すること。それが第一だ。

ようやく捜査本部発足の挨拶が終わり、実際に捜査が始まった。案の定、二人の部長は姿を消した。

実際に、指揮を執りはじめたのは捜査一課の理事官だった。捜査一課長も部長といっしょに本部を後にしたのだ。

「まだ、報告を聞いていないな」

背後からそう言われて、安積は振り返った。

警備部の山下が立っていた。病院に来ていたくらいだから、この捜査本部に参加していても不思議はない。

山下の表情には、親しみのかけらもない。病院での安積の態度がよほど気に入らなかったようだ。

「もうじき会議が始まります」

安積は言った。「その席で発表します」

「おまえは、あの患者から話を聞いた後、ちゃんと報告すると言ったんだ。だから、俺は引きあげた」

安積は、だんだん腹が立ってきた。

「あなたに報告するとは言っていません。然《しか》るべき場所で報告するという意味でした」

「なら、今ここで俺に報告しろ」

別に報告してもよかった。だが、安積は、山下の態度が頭に来ていた。

「二度手間になります。それに、命令系統からして、私があなたに報告する義務はありません。捜査会議で報告します」

本当は、命令系統などどうでもよかった。山下に報告したくないだけだった。

「刑事ごときが、警備事案の邪魔をするとただじゃ済まんぞ」

「どういう意味でしょう」

山下は、しばらく安積を睨《にら》みつけていた。やがて、彼は吐き捨てるように言った。

「どういう意味か、今にわかる」

山下は、安積から離れていった。ふと視線を感じて横を見ると、相楽がじっとこちらを見ていた。今のやり取りを聞いていたのだろう。

須田が近づいてきて、安積に言った。

「今の何です？」

「知らん」

安積は言った。「それより、相楽たちに対して過剰な競争心を持つなと言っただろう」

「別に俺、過剰な競争心なんか持ってませんよ」

ように言った。

「じゃあ、さっきみたいに、あいつを煽《あお》るような発言はつつしめ」

須田は驚いたように安積を見て、しばらく反論したそうにしていたが、やがて、諦めたように言った。

「すみませんでした」

しまった、と安積は思った。

山下や相楽の態度が面白くなく、つい須田に当たってしまった。

あんなことを言うつもりではなかった。須田に何かを言ってやろうかと思った。

そのとき、捜査会議を始めるという理事官の声が聞こえた。

結局、須田に謝るチャンスを失った。沈んだ気分で捜査会議に臨むことになった。

18

捜査会議の司会を誰がやるかで、この捜査本部が刑事部主導なのか警備部主導なのかがわかる。

そう思っていたが、今日の司会は、野村武彦署長だった。所轄の署長が捜査会議を仕切るのは珍しい。

だが、野村署長なら喜んでやりそうだと、安積は思った。

これで、刑事部と警備部の力のバランスは微妙なままということになった。

刑事部長と警備部長の綱引きは続いているということだ。どちらの主導になるにせよ、自分たちとは関係ないと、安積は考えることにした。

やることは決まっている。インターネットで爆破予告をし、実際に爆発物を仕掛けた犯人を特定して身柄を押さえることだ。

安積は、須田のほうを見た。

隣が村雨で、その向こうに桜井がいる。須田は桜井の向こうだ。

隣にいれば、会議中でも一言詫《わ》びを言えたものを……。

野村署長が、榊原刑事課長を指名して、報告を求めた。榊原は、インターネット上の予告から爆発までの経緯を、報告した。

安積が知らない事実はなかった。爆発の現場で五人が被害にあったことも報告された。榊原課長の報告は、簡潔だったが、要領を得ていた。

野村署長は次に、下沢警備課長を指名した。下沢警備課長は、主に東京ビッグサイトの警備状況について説明した。

二人の部長は、真剣な面持《おもも》ちで課長たちの報告を聞いた。下沢警備課長の説明が終わると、刑事部長が質問した。

「所轄の警備課係員が六名……。それは、爆破予告があったイベントの警備にしては少なすぎるのではないかね？」

下沢課長は、まったく慌てた様子を見せずに言った。

「会場では、民間の警備会社も雇っておりましたので、彼らと協力して警備に当たりました」

「その結果、実際に爆発が起きてしまったわけだ。警備課の役割は、爆発を未然に防ぐことなのではないか？」

「おっしゃるとおりですが、事実上、イベントの規模が大きすぎて、荷物検査等の警備が不可能だったのです」

「不可能ということはあるまい。方面本部や本庁に応援を頼むなどして、人海戦術で当たれば……」

「もちろん、本庁には応援を求めました。お台場には、本庁所属の特車二課が配備されたので、彼らが応援に来てくれました」

「特車二課……」

刑事部長が怪訝そうな顔をする。「その連中は、ここには来ていないのか?」

「来ておりません」

「なぜだ?」

その質問にこたえたのは、警備部長だった。

「新装備の特車に不具合が見つかってな。その対応に追われている」

「新装備の特車……?」

刑事部長は、さらに眉をひそめた。「不具合を改良するために、民間の企業に送り返したと聞いたぞ」

「企業に任せきりにできるもんじゃない。立ち会って、不具合が本当に改良されたかどうか確かめなければならない。特車は警備事案で使用されるんだ。万が一にも故障などということがあってはならない」

刑事部長は、新装備が起動したという噂を知らないのだろうか。

安積は、ふと思った。

豪雨の中の巨大な姿。あのとき感じた非現実的な感覚を思い出していた。

「いずれにしろ、爆発が起きてしまった」

刑事部長が言った。「警備態勢が万全ではなかったということだろう」

警備部長が苦い表情になった。

「警備に万全ということはないんだ。どんなに警戒しても、事件が起きるときは起きてしまう」

「それは言い訳だな。警備部というのは、常に万全を期さなければならないはずだ。これが、国賓の来日するイベントだったら、全世界に恥をさらすところだ」

まずい展開だな……。

安積は思った。

部長同士が対立していたのでは、捜査本部はまとまらない。この会議で、捜査の方針だけでも立ててもらいたいものだ。

野村署長が言った。

「現在の最優先事項は、次の爆破事件を起こさないことです。そのためには、容疑者の身柄を確保しなければなりません。そのための捜査本部と考えてよろしいのですね?」

いいタイミングだと、安積は思った。

部長同士のさや当てを止めさせ、同時に捜査本部の役割を明確にさせようとした。

刑事部長がうなずいた。

「そうだ。容疑者の特定と身柄確保。それが第一だ」

これで、ようやく会議らしくなる。そう思った。

野村署長が、安積のほうを見て言った。

「係長、何か補足することはないか？」

「ありません」

「捜査はどの程度進展している？　具体的に聞かせてくれ」

安積は立ち上がった。

「現在、爆発の現場で被害にあわれた五人に話を聞いております。五人のうち、四人が、不審な人物を見かけたと証言しており、その人物の特定につとめています」

刑事部長が尋ねた。

「不審な人物？」

「我々は『個室男』と呼んでいます。四人の被害者に、訊《き》かれもしないのに、『トイレの個室が故障している』という意味のことを告げたのだそうです。その後に、爆発が起きたということです」

「『個室男』か……。わかった。引き続き、その不審者の線を追ってくれ」

「よろしいですか？」

相楽が挙手した。野村署長が言った。

「そうだった。強行犯係には二人の係長がいるんだったな」

相楽が立ち上がり、安積は着席した。

「自分たち強行犯第二係は、予告犯と実行犯はまったく別人であり、相互の関係性はきわめて薄いのではないかと考えております」

刑事部長が、また眉間にしわを刻んだ。

「それは、どういうことだ？　わかりやすく説明してくれ」

「自分らは、先日、コミコンと同じく東京ビッグサイトで開かれた模型のイベントに対して、爆破予告をした容疑者を逮捕しました。容疑者から、ネット上での犯行予告のことなどを、詳しく話を聞いた結果、大半の予告はいたずらだということがわかりました」

「だが、実際に爆発が起きた」

「ネットで予告を見た者が、実行してみようと思い立ち、犯行に及んだのではないかと思います。つまり、予告はいたずらで、実行犯は愉快犯というわけです」

「根拠はあるのか？」

「犯行に使用された爆発物です」

刑事部長は、眉をひそめたままだ。

「カセットコンロで使用する小型のガスボンベと電熱器だったと聞いているが……」

「そうです。時限爆弾などではありませんでした。誰でも入手可能なものです。複雑な時限装置や起爆装置も必要ありません。つまり、いたずら程度の動機で実行可能だったということです」

刑事部長は、榊原刑事課長に言った。

「臨海署では、それについてどう考えているんだ？」

榊原課長は、しばし考えてから言った。

「まだ、いずれの可能性も否定できません。捜査は始まったばかりで、容疑者を特定できるような材料も見つかっていません」

当たり障《さわ》りのない発言だ。

榊原課長は、おそらく相楽の意見を初めて聞いたのではないだろうか。それでも咄嗟《とっさ》にこれだけのことが言えたのだ。

会議では、当たり障りのない発言も大切なのだ。それは、潤滑油となって次の発言を促すことになる。

「なるほど……」

刑事部長が言った。「予告犯と実行犯は別人で互いに関係のない人物か……。そうだとしたら、やっかいだな……」

「ですが、自分たちには実績があります」

相楽が言った。模型イベントの爆破予告犯を逮捕したことを言っているのだ。

こういうことを臆面《おくめん》もなく言える相楽が、うらやましくもあった。

須田は、相楽の説に反対していたはずだ。今思うと、須田の言ったことはとてもまともなことだった。相楽を煽ったわけではない。

どうしてあんなことを言ってしまったのか。安積には自分でも理解できなかった。

人間は、一番近しい人間に八つ当たりをしてしまうものだ。それは甘えだ。

安積は、須田に発言させようかと思った。そのとき、本庁警備部の山下が、挙手をした。

野村署長が指名をした。

立ち上がると、山下は言った。

「自分はまだ、臨海署強行犯係の係長から報告を受けていないのですが……」

署長が聞き返した。

「報告？」

「病院に入院している爆発の被害者について、です。自分は、骨折をしたという被害者に会いに、入院先の病院を訪ねました。そこに、強行犯係の係長がいたのです。爆破事件は、警備事案だから、自分が質問すると言ったのですが、係長は、後で報告をするからと、強硬に質問することを主張しました。自分は、報告を受けることを条件に、その場を譲りました。その報告をまだ受けておりません」

「その係長というのは、どっちだ？」

野村署長が尋ねると、山下は安積を指さした。

まだ意地を張っているのか。

安積はあきれる思いだった。

病院で追い返されたのがよほど悔しかったようだ。それだけ、刑事を見下しているということだ。

野村署長が言った。

「安積係長、どういうことだ？」

「被害者の話の内容につきましては、ここで報告したとおりです。私は、捜査会議で報告するからと、山下さんに申しました。捜査会議で、情報を共有することが大切で、山下さん個人に報告することは、二度手間になると考えたからです」

「じゃあ、もうその話は済んだということだ」

「はい」

安積はうなずいた。「私はそう思っています」

「いや、済んでいません」

山下が言った。「自分との約束を果たさなかったということです。こういうことを見過ごしにしていると、今後、捜査本部内での信頼関係に齟齬《そご》をきたすと思うのですが……」

山下は、俺に何らかのペナルティーを与えたいと考えているのだ。

どうでもいいと、安積は思った。

罰を与えたいのならそうすればいい。

俺はただ、犯人を捕まえたいだけだ。

野村署長が言った。

「信頼関係は大切だ。それは、君の言うとおりだ。もし、君が本当にそう思うのなら、それくらいのことは大目に見ることだ」

「そう思われます？」

「そうじゃないか？　どう思われます？」

「大目に見る……？」

「そう。信じてほしいのなら、まず信じること。そうじゃないか？　どう思われます？」

野村署長は、警備部長に尋ねた。

警備部長は渋い表情で言った。

「安積係長は、この場で報告したのだから、それでいいだろう」

山下は、抜いた刀を納めるタイミングを逸してしまったように、立ち尽くしていた。やがて、彼は、いまいましげな表情のまま着席した。

さすがは野村署長だ。理不尽なクレームなどは、歯牙《しが》にも掛けない。

安積も、そうありたいものだと思った。だが、なかなか真似《まね》できるものではない。

実際の自分は、部下に八つ当たりしているようなつまらない男だ。安積は、また須田のほうを見た。

須田は、まったく発言する意思はなさそうだった。宙を眺めている。その表情を見て、おや、と思った。

半眼で、ちょっと見ると眠そうな顔に見える。仏像のような顔つきだ。

この姿を見て、多くの人は、ただぼうっとしているだけだと思うだろう。だが、安積はそうでないことを知っていた。

須田が本気で何かを考えはじめたときの表情なのだ。何かを思いついたのかもしれない。

須田というのは不思議な刑事だ。太っていてお世辞にも行動が機敏だとは言えないので、頭のほうも鈍いと思われがちだ。

だが、決してそうではない。彼は人一倍感受性が豊かで、洞察力に優れている。

そして、普通の刑事が見逃してしまいそうなことを決して見逃さないのだ。須田の脳は特別製なのではないかと思うことがたびたびある。

さらに須田は、パソコンマニアだ。インターネットの世界にも通じている。

須田の思考や知識に助けられたことは、数え切れない。

安積は、須田が何を考えているのか知りたかった。会議が終わったら、真っ先に尋ねてみようと思った。

「では、自分らは、ネット上の予告の線から追ってみることにします」

相楽がそう言うのが聞こえた。

彼は、あくまでも、予告犯はいたずら、実行犯は愉快犯という考えで捜査を進めるようだ。

それはそれでいい。その可能性は充分にあるのだ。また、本庁のハイテク犯罪対策室の助けを借りるのかもしれない。そちらは、相楽に任せておけばいい。

安積は、『個室男』を追うことにした。

「今後の捜査本部の運営だが……」

刑事部長が言った。「私が常駐できるとは限らない。署長も何かと多忙だろう。捜査一課長か理事官に捜査本部主任をやってもらおうと思う」

警備部長は、面白くなさそうな顔をしていたが、結局反論はしなかった。

これで、事実上、この捜査本部は刑事部が主導権を握ることになった。

もちろん、現場では警備部の連中の反発があるかもしれない。だが、基本的には協力し合えるはずだ。警備部が全員山下のようなやつではないだろう。

捜査一課長も忙しい。おそらくは理事官か管理官が実務を取り仕切ることになるだろうと思った。

それから班分けが発表になり、捜査員たちが振り分けられた。通常の捜査本部と変わらない。

基本的には、鑑取《かんど》り、地取《じど》り、遺留品捜査、予備班などに分かれる。

安積は予備班に組み込まれた。

相楽たち強行犯第二係も、ばらばらにされて、本庁の捜査員と組まされることになるはずだ。

だが、彼はそれでも自分の捜査方針にこだわるようだった。それぞれの班に振り分けられる前に、部下に細々《こまごま》と何事か説明していた。

須田は、地取りの班に回され、本庁捜査一課の捜査員と組まされることになった。所轄の捜査員は、このように地取り班で本庁の捜査員と組まされることが多い。要するに道案内なのだ。

安積は、須田に近づいて言った。

「相楽に反論したかったんじゃないのか？」

須田は驚いたように安積のほうを見た。

「いえ、別に反論なんて、したくないです」

「さっきは、悪かった。おまえの言ったことは間違ってはいない」

須田は、戸惑ったような表情を浮かべた。

「えーと、さっきって……。何のことです？」

安積は肩すかしを食らったような気分になった。

「いや、気にしていないのならいいんだ。相楽に反論したくないだって？」

「ええ、あらゆる可能性を捜査すべきですからね」

先ほどは、明らかに相楽に対して反対意見を言っていたのだ。急に態度を変えるというのは須田らしくない。

何か変化があったのだ。何かを思いついたのかもしれない。それは蓋然性《がいぜんせい》が高く、気分的に余裕が生まれたのかもしれない。

人間、心に余裕があれば、いたずらに他人に嚙《か》みついたりはしないものだ。相手に非があったとしても許せる。

「何か、思いついたのか？」

「何かって？」

須田はきょとんとした顔をしている。

「会議中、何か考えていただろう」

「そりゃあ、俺だって考え事くらいしますよ」

「そういうことじゃなくて、犯人についての、おまえなりの推理があるんじゃないのか?」

今度は須田は、目を丸くした。これも類型的な表情だ。こういう場合は、驚いてみせなければならないと決めているのかもしれない。

「とんでもない。俺なりの推理なんてものはありませんよ」

「そうか」

「ええ、ただ……」

「ただ、何だ?」

「ちょっと見方を変えてみたら、別の可能性が見えてくるかもしれないと思いまして……」

「それはどういうことだ?」

須田は、しばらくどぎまぎしていた。やがて、言った。

「いや、ちょっと待ってください。まだ、お話しできるような段階じゃないんで……。ただの思いつきなんです」

「それでもいい。話してくれないか……」

迷っている様子だった。

「やっぱりやめときます。チョウさんを混乱させることになるかもしれません。もし、もう少し可能性が高まったら、お話しします」

「なんだか、水くさい言い方に聞こえるな。やっぱり、さっきのことを根に持ってるんじゃないのか？」

またきょとんとした顔になった。

「だから、さっきのことって何です？」

「いや、いいんだ。じゃあ、おまえが話す気になるのを待つことにする」

須田は申し訳なさそうな表情をした。

「本当にたいしたことじゃないんですよ。そう期待しないでください」

須田は、相棒になった本庁の捜査員と出かけていった。

19

午後八時を過ぎた頃、捜査員たちが戻りはじめた。まず、地取りの班が戻ってくる。鑑取りの班は、遠方まで足を延ばしている場合もあって、戻りはまちまちになる。すでに、二人の部長は捜査本部から姿を消している。いなくなってくれてよかったと、安積は思った。現場の人間に言わせれば、部長など偉すぎるので、やりにくくて仕方がない。

今日は上がりを午後九時に定めていた。九時から二度目の捜査会議を始める。

安積班の連中は、全員地取り班だったので、早めに上がってきていた。相楽班は、まだこの地域に慣れていないということもあり、何人かが鑑取りに組み込まれていた。

須田は、ノートパソコンに向かって何かやっている。インターネットかもしれない。

安積は、ぼんやりとその様子を眺めていたが、須田が急に真剣な表情になったので、何事かと気になった。

次に須田は、腕を組んでむっつりと考え込んだ。

静観していようと思っていた安積だったが、興味を引かれて、ついに立ち上がり須田に近づいた。

「何を見つけた？」

須田はいつものように、びっくりした顔を向けてきた。

「あ、チョウさん……。また、爆破予告なんです」

「インターネットか？」

「ええ、前と同じ掲示板なんです」

「どんな予告だ？」

「コミコンの爆発は、ほんの挨拶代わりだと言ってます。本番はこれからだ、と……」

「コミコンの予告犯と同じやつだと思うか？」

「正確なことはわかりません。おそらくＩＰアドレスを特定できないような工夫をしているだろうし……」

「おまえは、コミコンの予告を、本物だと見抜いたんだ」

「相楽さんによると、予告犯と実行犯は別らしいですよ」

「それは、一つの見方に過ぎない。俺は、おまえの見解のほうを信じる。それで、どうなんだ？　コミコンのときと同じやつだと思うか？」

須田は、意外なほどきっぱりと言った。

「ええ、そう思いますね」

須田と、安積のやり取りを聞いて捜査員たちが集まってきた。

安積から離れた場所に座っていた相楽も、その様子に気づいて近づいてきた。

「どうしたんです？」

安積は、相楽に言った。

「また、爆破予告だそうだ」

相楽は、笑みを浮かべた。

「真似するやつは次々と出てきますよ」

「須田によれば、コミコンのときと同じ可能性が高いようだ」

「根拠は？」

須田がこたえた。

「ありません。でも、同一人物だという気がするんです」

「気がする……」

相楽は笑い出した。「それが、刑事の言うことか」

この一言がひっかかった。

「須田は、コミコンの予告が本物であることを言い当てたんだ。インターネットの世界から物的証拠を引っ張り出すことはできない」

「そうですね」

相楽が言った。「でも、それじゃ容疑者の身柄を確保できたとしても、起訴もできはしません」

「手がかりであることには違いはない」

「ハイテク犯罪対策センターに協力をあおいでみますよ。前回は、それが功を奏しましたから」

相楽は自信たっぷりの態度だ。すでに、インターネット犯罪の専門家気取りだ。

須田は、何も言い返さなかった。相楽の言うことなど気にしていないという様子だ。

安積は、須田に尋ねた。

「それで、次はどこを爆破すると言ってるんだ?」

「それが、今度は場所も時間も指定していないんです。予告というより、挑戦状かもしれません」

「挑戦状?」

「ええ、そうです」

「誰に対する挑戦状なんだ?」

「この犯人は、明らかに警察に挑戦しています」

「警察に挑戦している……?」

「はい」

相楽が、須田の言葉に反応した。

「どうしてそんなことがわかる?」

須田は、相楽のほうを見た。

「コミコンの爆発は、ほんの挨拶代わりだと言っているのです。誰に対する挨拶です？　警備を担当していた警察に対する挨拶でしょう」

「世間に向けての挨拶かもしれない」

「もし、そうであっても、犯人は警察を強く意識しているはずです」

「その意見は、予告犯と実行犯が同一の人物あるいは同一の集団であることを前提としている」

相楽に言われて、須田は平然とうなずいた。

「ええ、そうですね」

「自分はそうは思わない。予告犯と実行犯は別だ。予告犯すら一人ではないと考えている」

須田は、それでも落ち着き払っていた。あきらかに先ほどとは態度が違う。

「前提を決めてしまうのは危険ですよ。俺は予告犯と実行犯が同じ人物あるいは集団である可能性と、別人である可能性は五分五分だと思っています。ですから、両方の方針で捜査する必要があるんです」

とたんに相楽は興味深げな表情になった。

「五分五分か……。それは面白いな。では、こうしよう。安積さんの班は、予告犯と実行犯が同一だという方針で捜査する。自分らの班は、別人だという方針で捜査する。そういう勝負でどうだ？」

勝負だって……。

安積は、あきれてしまった。相楽は、対抗心でしか物事を考えられないのだろうか。

須田がこたえた。

「わかりました。両方の方針で捜査するという意味では、それも悪くないかもしれません」

「おい」

安積は、思わず須田に言った。「そういうことは、俺たちが決められることじゃない。俺たちは、捜査本部の方針に従って捜査しなけりゃならないんだ」

すると、集まっていた捜査員たちの後方から声が聞こえた。

「いいじゃないか。須田の言うとおり、両方の可能性を視野に入れて捜査するんだ。そういう手分けの仕方もある」

野村署長だった。いったん席を外していたが、また捜査本部に戻ってきたのだ。

捜査員たちが、さっと左右に分かれて野村署長の前をあけた。相楽と安積を交互に見ながら、野村署長は言った。

「今日は、私が捜査本部主任の役をやったが、明日からは、そこにおられる捜査一課の理事官に引き継いでいただくことになる。理事官、どう思いますか?」

急に話を振られた捜査一課の理事官は、戸惑ったように言った。

「私は悪くないアイディアだと思うが……」

「署長……」

安積は言った。「私は、こういうやり方は気が進まないのですが……」

「第一係と第二係が、互いに捜査能力を競い合うのは、署としても望ましい展開だ。そうなれば、強行犯係の人数以上の効果が得られるだろう」

「それはそうですが……」

相楽は、急にやる気を出しはじめた。

「お互いに結果を出そうじゃないか」

野村署長は、理事官に言った。

「それでは、今話し合った方針に従って、班分けを考え直しましょう」

署長と理事官が中心となって班分けが始まった。警備第一課長と榊原課長も、その作業に参加していた。

予定通り午後九時から捜査会議が始まり、新たな班分けが発表された。地取り、鑑取り、遺留品捜査の班に加え、特命班が作られた。特命班は、二つに分けられた。

捜査本部を真っ二つに分けて競わせるわけではない。野村署長の賢明さを感じる。有《あ》り体《てい》に言えば狡猾《こうかつ》さだ。

安積と相楽はこの特命班に回された。つまり、そこで勝負をしろということだ。特命班には、須田もいた。

捜査全般にはそれほど影響を与えずに、安積と相楽を競わせようというのだ。

安積は、須田にそっと言った。

「面倒なことになったな……」

須田は、例の仏像のような表情をしていた。

「そうですか?」

「余計なことを考えずに、捜査に集中したいものだ」

「競争するのは、悪いことじゃありません。捜査員のやる気も出ます」

「冷静さを欠く恐れがある」

「まあ、そうかもしれませんが、プラスの面もたくさんありますよ」

「そうかもしれない」

須田に楽観的なことを言われると、その気になってしまうから不思議だ。

「だいじょうぶですよ。チョウさんは、相楽さんなんかに負けはしません」

「だが、相楽の言い分とおまえの言い分は、可能性が五分五分なんだろう?」

「いや、五分五分じゃないですね」

「何だって? さっき、おまえは相楽にそう言ったじゃないか」

「そう言わないと、相楽さんが収まらないでしょう」

やはり、須田は、最初の捜査会議の前に、安積が言ったことを覚えているのだ。

俺のことを気づかって、しらばっくれているわけか……。

須田は、安積が注意したとおり、相楽を煽るような言動に気をつけているということだ。

安積は、ますます須田に申し訳ない気分になった。

「じゃあ、本当のところ、どれくらいの割合だと思うんだ?」

「六分四分……。いや、七分三分ですね」

「どっちが七分だ?」

「もちろん、俺たちの言い分が、ですよ」

これは心強い言葉だ。

「安積係長、何か発言したいことがあるのかね?」

野村署長が声をかけてきた。須田とひそひそやっていることを、とがめられたのだ。

「いえ」

安積は言った。「ありません」

「会議に集中してくれ」

「申し訳ありません」

須田との打ち合わせは、会議が終わってからすることにした。

「どうも、臨海署のやることはわかりませんね」

山下が発言した。「どうして、強行犯係の二人の係長が対立しなければならないんです?」

それに対して野村署長が言った。

「対立しているわけじゃない。見解が分かれただけだ」

「そういうのを、対立というんじゃないですか。しかも、身内の対立を捜査本部という公の場にまで持ち出す……。もっとちゃんとしてほしいですね」

「身内の対立なんかじゃない。捜査上の重要な判断だ。どちらの見解も事実である可能性がある」

相手が署長であっても、山下は引かなかった。

「だからといって、競争させることはないでしょう。子供の遊びじゃないんだ」

「もちろん、遊びじゃない。だが、それくらいの余裕があっていいんじゃないか？　入れ込みすぎると、見えるものも見えなくなってくる」

野村署長でなければ言えない台詞《せりふ》だと、安積は思った。

頭の固い警察官が多い。普段、規則やら法律やらに関《かか》わる仕事をしているので、どうしても杓子《しゃくし》定規になりがちだ。

野村署長は違う。おそらく、若い頃から型破りな警察官だったのだろう。そういうタイプは、警察社会では嫌われる。当然、なかなか出世もできない。

警察の組織に馴染《なじ》まず、辞めてしまう者も少なくない。

だが、野村署長は、着々と出世して署長までやってきた。この先、方面本部の参事官や部長、本庁の課長職にまで登り詰めるかもしれない。ノンキャリアとしては、間違いなくトップクラスの出世頭だ。

山下は、それ以上は何も言わなかったが、不満たらたらの表情だった。

「明日は、午前九時に会議を開く。では……」

理事官が、会議の終了を告げた。

警備部と刑事課の関係はまだくすぶっている。山下の発言がそれを裏付けている。

それに加えて、安積と相楽の対立だ。

野村署長は、対立ではないと言ったが、言葉のアヤに過ぎない。二人が対立していることは明らかだ。

別に安積は相楽と争いたいわけではない。だが、相楽は安積を意識している様子だし、周囲も二人の競争を面白がっているような節《ふし》がある。

冷静になろう。

安積は、自分にそう言い聞かせた。

まずは、『個室男』を見つけることだ。

20

捜査会議が終わったのは、午後十時だった。これから、聞き込みに出かける捜査員もいる。安積は、会議中に中断した須田との打ち合わせを再開することにした。

須田に近づくと、そこに、村雨、黒木、桜井の三人も近づいてきた。彼らは、地取り班で本庁の捜査員と組んでいるはずだ。

「何だ、おまえたち。地取りのほうはいいのか？」

村雨がこたえた。

「今日の聞き込みは終わりです。東京ビッグサイトの周辺で、夜中に聞き込みができると思いますか？」

それもそうだ。安積は思った。

彼らは、相楽と勝負をするはめになってしまった俺を放《ほう》ってはおけなかったのだろう。

安積は、須田に言った。

「おまえは、コミコンの爆破予告をした人物が実行犯でもあると考えているんだな？」

「人物あるいは集団です。個人とは限りません」

「そして、その可能性は、相楽が言うように模倣犯や便乗犯である確率よりもはるかに高いというのだな」

「ええ、そう思います。さっきも言ったように、七分三分ですね」

「根拠はないんだな?」

「物的証拠はありません。でも、本庁のハイテク犯罪対策センターなら、尻尾《しっぽ》をつかまえられるかもしれませんね」

「相楽がハイテク犯罪対策センターに協力を求めると言っていた」

「相楽さんが頼りにしているハイテクの連中が、こっちの味方をしてくれるかもしれませんね」

村雨が、ちょっと皮肉な口調で言った。

安積は、言った。

「どっちの味方をするというような問題じゃない」

「こちらの言い分を裏付けてくれるかもしれないという意味です」

そんなことはわかっていた。

模範的な警察官である村雨にまで、勝負にこだわって欲しくなかったのだ。

安積は曖昧《あいまい》にうなずくと、須田に言った。

「新たな予告も、その人物ないし集団のものだというのは、確かなのだな?」

「確証はありません。同一人物でも、違うパソコンからアクセスされたら同一人物だということを証明できないのです」

「集団だとしたら……」

村雨が言った。「別な人間がアクセスしているかもしれない」

須田は仏像のような顔でしばらく考えてから言った。

「そうだな……。でも、集団であっても、役割分担がはっきりしているんじゃないかと思うんだ。ネットへの予告を担当しているやつがいるんだよ。そして、俺が見たところ、コミコンの予告と、今回の予告というか挑戦状は、同一人物が書き込みしたものだ。文体や句読点の癖や、言葉の選び方でなんとなくわかるものなんだ」

「なんとなくわかるか……」

村雨は渋い顔をした。「俺はおまえを信じないわけじゃない。だが、それでは他の捜査員や検察を説得することはできない」

村雨の言うとおりだ。須田の見解を立証することはできない。だが、須田はコミコンで本当に爆発が起きることを言い当てたのだ。

物証は後で探せばいい。

「今は、須田を信じることだ。まだ、話す気にはなれないのか?」

村雨が安積に尋ねた。

「何の話です?」

「須田が、何か思いついたようなんだが、まだ話す段階じゃないと言ってるんだ」

村雨が須田に言った。

「そういう情報はどんどん共有すべきじゃないか」

「いや、本当に単なる思いつきだから……」

「単なる思いつきが、真実につながることもある。みんなで検討すればいいんだ」

須田は、安積のほうを見て言った。

「本当に、つまらないことなんですよ」

安積は言った。

「いいから、話してくれ」

「わかりました。えーと、どこから話せばいいかな……」

須田はしばらく考えていたが、やがて、話しだした。

「五人の被害者の『個室男』についての発言には、食い違いがありますよね。四人は、『個室男』を見たし、声も聞いていると供述している。でも、一人だけ『個室男』を見ていないと言っている……」

村雨が言った。

「それについては、黒木がいちおうのこたえを出したんじゃないか。『個室男』が出て行って、入れ違いで原嶋光一がトイレに入ってきた。そのときに爆発が起きた……」

「そうかもしれない」

須田が言った。「でも、そうじゃない可能性もあるんじゃないかと思って……」

安積は尋ねた。

「どういう可能性だ?」

「誰かが嘘《うそ》を言っている可能性です。つまり、原嶋光一は、『個室男』を見ているのに、見ていないと言っている可能性。あるいは、原嶋光一以外の四人が嘘を言っている可能性」

村雨が言う。「『個室男』などいなかったということになるのか?」

「四人が嘘を言っている場合……」

「そういうことになるね」

村雨はかぶりを振った。

「それは、考えにくいな。やはり、誰かが嘘を言っている可能性よりも、黒木の説が説得力があるように思う」

「説得力なんてどうでもいいさ。問題は、何が事実か、なんだ」

「黒木の説のほうが蓋然性が高いという意味だよ」

安積は思案していた。

たしかに、村雨が言うとおりだ。須田の思いつきは、自分自身で言うとおりに、あまり捜査の参考にはなりそうにないように思える。

だが、なぜか気になるのだ。

可能性としては高くないが、須田の言うとおり、誰かが嘘を言っているという事実はあり得る。

それが、原嶋光一なのか、他の四人なのかはわからない。

安積は、実際に四人のうちの一人に会っている。骨折して入院している糠田順一だ。

彼に話を聞いたときのことを思い出していた。話の内容だけではない。声の調子や態度が重要だ。

嘘をつくときには、必ず緊張する。その緊張がどこかに出る。眼が動いたり、肩が上下したり、指に力が入ったり……。

そうした兆候はなかっただろうか……。

思い出す限り、糠田が嘘をついていたとは思えなかった。だが、そうした眼で見ていなかったことはたしかだ。だとしたら、見逃している恐れもある。

安積は、村雨に尋ねた。

「小松行彦と串田昭雄は、嘘を言っているような兆候はなかったか?」

村雨は即座にこたえた。

「嘘は言っていないと思います」

安積はうなずいた。

「桜井、おまえはどう感じた?」

「そうですね……。正直言って、わかりません」

「わからないか……」

「ええ、まさか嘘を言っているかもしれないなんて思ってもいませんでしたから……。だって、二人は被害者じゃないですか」

村雨が桜井に言った。

「あの場にいたということは、爆発物を仕掛けた可能性もあるということなんだよ」

「ええ、それはわかっていますが、怪我《けが》をした被害者だという前提で話を聞きましたから……」

「それは仕方がない」

安積は言った。「実は、俺もそうだ。糠田順一に会いに行ったとき、彼が爆発物を仕掛けた可能性があることをそれほど意識していなかったような気がする」

村雨が言った。

「あくまでも可能性に過ぎません。実際にそんなことがあるとは思えませんね。やはり、『個室男』は実在して、そいつが爆発物を仕掛けたのです。そう考えることが自然だと思います」

須田と黒木が会いに行った二人は、『個室男』についての発言が食い違っている。須田が、疑問を持ったのは、そのせいかもしれない。

安積は須田に尋ねた。

「おまえはどうだ？　芝原道夫と原嶋光一のどちらかが嘘をついているように感じたか？」

須田はしばらく考えてから言った。

「いえ、どちらもそんな感じはしませんでした」

「黒木、おまえはどうだ？」

「自分も、どちらかが嘘をついているとは感じませんでした」

「だから言ったでしょう、チョウさん」

　須田が言った。「単なる思いつきで、たいしたことじゃないんだって……」

「そうかもしれない。だが、村雨が言ったように、こうしてみんなで検討することが大切なんだ」

「ええ、そうですね。わかります」

「それで、参考までに訊いておきたいんだが……」

　安積は尋ねた。「もし、誰かが嘘をついているとして、おまえは、どちらが嘘をついている可能性が高いと思っているんだ？　原嶋光一か？　それともそれ以外の四人か？」

「ええと、ですね……。そりゃ、普通に考えれば、多くの人が証言していることのほうが本当だということになりますよね。四人が、『個室男』を見て、その声を聞いたと供述してます。つまり、原嶋光一が嘘を言っているのだと考えるのが普通だと思います」

　須田の言い方が気になった。

「だが、おまえは普通の考え方をしない。そういうことか？」

「いや、そんな大げさなことじゃなくって……。原嶋光一が嘘を言っているのだとしたら、その理由は何なのだろうって考えたんですよ。『個室男』を見たのに、見ていないと供述したことになりますよね。その理由が思いつかないんです」

「じゃあ、その逆なら、理由が思いつくというのか？」

「ええ、まあ……」

「なんだそれは？」

「存在しない『個室男』をでっち上げることです」

村雨があきれたように言った。

「何のために……？」

「捜査の攪乱《かくらん》になる」

「つまり……」

村雨は、あきれたという表情のまま言った。「原嶋光一以外の四人が、爆発物を仕掛けた実行犯で、自分たちから捜査の眼をそらすために、『個室男』をでっち上げたというのか？」

「言いたいことはわかるよ」

須田が言う。「そう、あまり現実味のある話じゃない。だから、単なる思いつきだと言ってるんだ」

「でも……」

黒木が言った。「『個室男』は、まだ発見されていませんよね。四人だけが見て、声を聞いたと言っているだけです」

村雨が黒木を見た。しばらく考え込んでいた。

「黒いTシャツにカーゴパンツ。目立たない髪型に、縁なしか縁の細い眼鏡《めがね》……。四人の供述は一致しているんだ。疑う余地はないな」

「自分もそう思いますよ」

黒木が言った。「でも、須田チョウの言うことも、まったく可能性がないわけじゃありません」

須田は、犯人がグループであることを、何度か示唆《しさ》している。だとしたら、糠田、小松、串田、芝原の四人が仲間だという可能性もある。

黒木は、寡黙だが、発言したときにはたいてい重要なことを指摘する。

たしかに、『個室男』は、まだ発見されていない。発見されていないということは、存在していないこともあり得るのではないか。

正直言って、安積は少々混乱してきた。

須田の思いつきは、あまり現実味はないかもしれない。かといって、即座に否定してしまうわけにはいかないような気がした。

「いいだろう」

安積は言った。「須田が言ったことも、頭の隅に置いておこう。もし、『個室男』が見つかったら、そのときに初めて須田の意見は否定されることになる。それまでは保留だ」

「わかりました」

村雨が、四人の部下を代表してこたえた。

21

八月十七日火曜日。昨日と同様天気がいい。それだけ今日も暑くなるということだ。

八時から始まった捜査会議には、刑事部長も警備部長も顔を出さなかった。野村署長も欠席だ。

捜査本部主任の理事官が自ら捜査会議の司会を買って出た。

目新しい事実はない。昨夜発表された新しい班分けに従って捜査をすることが確認された。それだけだ。

相楽は、朝からやる気まんまんの顔をしていた。向こうが入れ込めば入れ込むほど、安積は気分が冷めていくような気がした。捜査は勝負事ではない。事実は一つしかないのだ。

誰が事実を探り当てるかは問題ではない。捜査本部全体で考え、全体で確かめればいいだけのことだ。

二つの特命班に振り分けられた人数は、それぞれ四人ずつ。安積のほうの班には、須田と、本庁捜査一課の二人の捜査員がいた。

相楽の班は、三人が相楽とその部下、一人が本庁の捜査員だった。

捜査会議が終わり、安積は、聞き込みに出かけることにした。久しぶりに須田と組んで捜査をする。何年ぶりだろう。かつて、安積が部長刑事だった頃、須田と組んでいたことがある。

外に出ると、すでに気温は急上昇を開始していた。今日も午前中に三十度を超えるのは間違いない。

さすがの安積も背広は着ていない。半袖のワイシャツにネクタイをしている。ネクタイを外せば、もっと涼しく感じられるのかもしれないが、どうしても外す気になれなかった。ネクタイがないと、自分がひどく間抜けな恰好をしているような気がしてしまう。安積は、別に自分をおしゃれだとは思っていなかった。単に、習慣の問題なのだと思う。

須田は、開襟《かいきん》シャツにノーネクタイだ。

「昔は、夏の暑さでアスファルトが溶けたりしたものだ」

安積は須田に言った。

「へえ……」

須田は目を丸くしてみせた。

「いつの間にか、そういうことがなくなったな。舗装の技術が向上したんだろうな」

須田がいっしょだと、ついこんなつまらない話をしてしまう。須田は真剣にうけこたえする。

「舗装技術など、普段はあまり注目されることはないですけど、そういうのも着実に研究されて、改善されているんでしょうね」

須田は、太っている分、他の捜査員より暑そうに見える。しきりにハンカチで汗をぬぐっている。

安積はもう一度、糠田順一に会ってこようと思った。今までは爆発の被害者としか見ていなかったが、須田の話を聞いて、別の可能性も視野に入れなければならないと思った。

これまでは、安積一人で話を聞いていたが、須田が加われば別なものが見えてくるかもしれないと期待していた。

ナースステーションに近づきながら、少しばかり憂鬱《ゆううつ》になっていた。警察の仕事とはいえ、看護師たちに迷惑をかけているのはたしかだ。

昨日訪ねたときは、若い看護師にあからさまに嫌な顔をされた。今回もおそらくそうだろうと思った。

だが、意外にも今日応対してくれた看護師は、あっさりと面会を許してくれた。昨日の看護師は、虫の居所が悪かったのかもしれない。

「何度もすみません」

安積は、病室を訪ねると、糠田順一に言った。「一度で済ませられるといいのですが、次々と疑問が出るもので……」

「かまいませんよ」

糠田は言った。「病気じゃないんで、体力が有り余っているし、退屈していますからね」

「こちらは、東京湾臨海署・強行犯係の須田です」

須田は、ぺこりと頭を下げた。

「次々と疑問が出ると言いましたね？」

「ええ」

「どんな疑問です？」

「昨日も言いましたが、あなたを含めて、爆発で怪我《けが》をされた被害者は五人いました」

「そのうちの四人が同じ供述をしている。そうでしたね」

「はい。『個室男』に声をかけられたと言っています」

「『個室男』？」

「ええ、私たちは便宜上そう呼ぶことにしました」

糠田は、笑った。

「そいつは気のきいたネーミングだ」

「今、ご指摘された点に、疑問が生じたわけです」

「どの点ですか？」

「五人のうち四人は、『個室男』に声をかけられていると言っています。一人だけが、『個室男』など見なかったと言っているのです」

「何が疑問なんですか？」

「その一人は、どうして『個室男』など見なかったと供述したのでしょう。爆発で怪我をしたということは、あなたといっしょにトイレにいたはずなのに……」

安積は、そう言いながら、糠田を観察していた。過去二回会っている。だが、これまではあくまで被害者として会っていた。何の疑いも抱いてはいなかった。

今も、糠田本人を疑っているわけではない。疑う理由などないのだ。だが、須田の説によると、糠田たち四人か、原嶋光一のどちらかが嘘をついている可能性がある。

つまり糠田も嘘をついている可能性がゼロではないということだ。

糠田は、安積を見ていた。ふと、その眼に戸惑うような表情が浮かんだ気がした。

「どうしてそれが問題なんですか?」

「問題というか、なぜ供述が一致しないのか不思議に思っているのです」

糠田は、眼をそらして天井を見つめた。しきりに何か考えている様子だ。

「そうですね。一致しないのは、たしかに変ですね。警察は、そういうことを決して曖昧なままにしておかないのですね?」

「ええ、気になることは調べておかないと……。後になって、上司や検事に追及されることもありますから……」

糠田は天井を見たまま言った。

「『個室男』は、僕たちに声をかけてからすぐにトイレを出たのかもしれない。もし、犯人だとしたらじきに爆発することがわかっていたでしょうから、トイレにはいたくなかったでしょう。一人だけ『個室男』を見ていないと供述している人が、そのときに入って来たのだとしたら……」

黒木の入れ違い説と同じだ。

安積はうなずいた。

「ええ、我々の中にもそういう意見の者がいまして……。私も、そうではないかとは思っているのですが……」

糠田が、安積のほうに視線を戻した。探るような眼差《まなざ》しだと、安積は感じた。

「それ以外に、辻褄の合う説明が思いつきますか？」

「たしかに辻褄が合うかどうかは大切ですが、我々にとってもっと重要なのは、誰が何を見たのかという事実なのです」

糠田は、しばらく無言で安積のほうを見ていた。やがて、また眼を天井に向けて言った。

「なるほど……」

「写真を見ていただく約束でした」

安積が言うと、糠田は驚いたようにまた視線を戻した。

「写真……？」

「はい。被害にあわれた方たちの写真です。その中に、『個室男』がいるかどうか……」

「ああ……。そうでしたね」

曖昧なほほえみを浮かべた。「いいですよ。見ましょう」

安積がうなずきかけると、須田が四人の写真のコピーを見せた。

糠田は、一枚一枚丁寧に見つめている。やがて、彼は言った。

「いや、この中には『個室男』はいませんね」

「確かですか？」

「ええ、間違いありません」

須田が写真のコピーを回収した。

「爆発が起きたときには、もう『個室男』はトイレにいなかったということでしょうか……」

「そうなんじゃないですか」

「では、やはり入れ違い説の可能性が濃厚になってきましたね」

「そういうことだと思いますけどね」

「その後、何か思い出されたことはありますか？」

糠田は即座にこたえた。

「いいえ、ありません。覚えていることはすでに全部お話ししました」

須田が質問した。

「その写真の中に、ご存じの方はおられますか？」

この質問に、安積はちょっと驚いた。だが、糠田は意外そうな顔もせずに言った。

「知人ということですか？」

「はい」

「いいえ、いません」

「そうですか……」

須田の質問はそれだけだった。

安積は糠田に言った。

「ご協力ありがとうございました」

「いいえ、いつでもどうぞ」

「あまりそう言われることがないので、かえって戸惑いますね」

「そうですか？　本当に退屈しているので、誰かが訪ねてきてくれるのは大歓迎ですよ」

安積は頭を下げてから病室を出た。須田がすぐ後ろについてくる。

ナースステーションの前でふと立ち止まり、さきほど応対してくれた看護師に尋ねた。

「入院されている患者さんが、パソコンを使うことはありますか？」

看護師は、きょとんとした顔をした。

「それは患者さんのご自由ですけれど……」

「糠田さんは、パソコンを使われていますか？」

「さあ……。使っているのを見たことはありませんね」

「病室で、インターネットが使えたりしますか？」

「いいえ、そういう設備はありません」

「そうですか。ありがとうございました」

病院を出ると、須田が言った。

「病室にLANなんかの設備がなくても、インターネットに接続はできますよ」

「そうなのか?」

「携帯電話の通信網を使用するんです。携帯電話そのものをモデムとして使用できますし、通信だけに特化した機器もあります。割安のサービスも次々に登場してます」

「糠田が病室からネットにアクセスすることは可能だということだな?」

「可能だけど、彼は使用してないと思いますね。仰向《あおむ》けで、しかも脚を吊られた状態でパソコンを使うのはなかなかたいへんです」

「携帯電話からもネットにアクセスはできるな」

「チョウさんが言いたいことはわかります。そう、入院している糠田にもネットで予告することはできます」

「俺は、そこまでは言っていない」

「でも、その可能性は否定できません」

「おまえ、どうしてあんなことを質問した?」

「あんなこと?」

「見せた写真の中に、知っている者がいるかどうか……」

「知り合いだったら、口裏を合わせることもできるでしょう?」

「もし、そうだとしたら、決して知り合いがいるとは言わないだろう」

須田は、肩をすくめた。まるで、アメリカのドラマの登場人物がするような仕草だ。

「返事の内容よりも、どんな反応をするのか見たかったんですよ」

「なるほど……。それで、どう感じた？」

「別に疑わしい様子はありませんでしたね。戸惑った様子もなくこたえていましたし……」

「そうだな」

「でもですね」

安積は、須田の顔を見た。例の仏像のような半眼になっている。

「でも、なんだ？」

「あまりに戸惑いがなさすぎるような気もします。考えすぎかもしれませんが……」

「戸惑いがなさすぎる？　つまり、あらかじめこたえを用意していたということか？」

須田はあわてた様子で言った。

「わかりませんよ、チョウさん。ただ、そう感じただけなんです。それ以上のことは何もわかりません」

須田の思いつきとやらを聞いたせいか、今日の糠田は、過去二回会ったときとはちょっと印象が違うような気がした。

こちらの考え方一つで印象が変わってくる。これは危険な兆候だろうか。それとも、今まで見えなかったものが見えてきたということなのだろうか。

安積は、真剣に考えていた。

「あとの四人にも会ってみようと思う」

「ええ、そうですね……」

「別に、おまえたちの聞き込みを信用しないわけじゃないんだ」

須田は目を丸くした。

「チョウさん、誰もそんなこと気にしやしませんよ」

「村雨が気にするんじゃないか？」

「そんなことはありません。村雨は、チョウさんを全面的に信頼していますから……」

意外なことを言われたような気がした。

これまでの村雨の言動を考えると、須田が言ったとおりなのだろう。だが、今一つ信頼されているという確信が持てない。もしかしたら、村雨のほうが自分よりも優れた警察官なのではないかと思うこともある。

「まずは、おまえと黒木が会った二人だ」

安積が言うと、須田はうなずいた。


芝原道夫の勤務先を訪ねた。中央区新富一丁目にあるアパレルメーカーだった。

芝原は、およそアパレルメーカーには似つかわしくない風貌《ふうぼう》をしている。失礼だとはわかっていつつも、そう思ってしまう。

色白で小太り。縁なしの眼鏡をかけている。髪は会社員らしくきちんと整髪しているが、かつて坊ちゃん刈りといわれた髪型に見える。

芝原は、総務課に所属しており、主に社内のパソコンネットの管理をやっているのだという。それを聞いて、安積は、納得した。

アパレルメーカーといっても、衣類を作ったり営業をしているわけではないのだ。

納得すると同時に、ちょっとひっかかった。

ネットを扱うのが仕事なのだ。専門的な知識を持っている。ネット上で爆破予告をしているやつは、おそらく本当のＩＰアドレスを知られないような仕掛けをしているだろうと、須田が言っていたのを思い出したのだ。

「まだ、何か訊きたいことがあるんですか？」

芝原は、ちょっと不安そうな顔で言った。

これは普通の反応だと、安積は感じた。警察官が訪ねていくと、たいていの人は不安を表情に表したり、迷惑そうな顔をしたりする。歓迎だと言った糠田のほうが、むしろ例外なのだ。

安積は、糠田に言ったのとほぼ同様のことを伝えた。

「すいません。次々と疑問が出てくるもので……」

「何が訊きたいんです？」

「例の男ですが、誰に向かって『個室は故障している』と言ったのですか？」

芝原は、怪訝《けげん》そうな顔をした。

「誰に向かって……？」

「ええ。『個室男』の言葉は、四人の被害者が聞いてるんです」

「『個室男』ですか？」

「私たちは便宜上、そう呼ぶことにしました」

芝原は、関心なさげにうなずくと、質問にこたえた。

「僕に向かって言っているんだと思いましたよ」

安積はうなずいた。

「実は、あなたを含めて四人の被害者の方が、『個室男』の言葉を聞いているのですが、全員、自分に対しての言葉だと感じていたようなのです」

芝原は、ますます訳がわからないといった顔つきになった。

「他の人はどう思ったかは知りませんけどね、とにかく、僕は自分が声をかけられたと思いましたね」

「『個室男』が、いつトイレから出ていったか、おわかりですか？」

芝原の眼が泳いだ。単に思い出そうとしているのか、それとも別のことを考えているのか、安積には判断がつきかねた。

「いいえ、覚えてませんね」

「『個室男』の人相を覚えていますか？」

「被害にあわれた方々の写真を持ってきているのですが、この中に『個室男』がいるかどうか、見ていただけますか？」

芝原は、ますます不安げな表情になる。

「ええ、いいですよ」

須田が、四枚の写真のコピーを見せる。もちろん、芝原と糠田の写真は入れ替えてある。

芝原は、手早くコピーをめくっていった。

「ええと……。この中に、『個室男』はいないと思いますが……」

「確かですか？」

「だと思いますよ」

まあ、見たとしても一瞬のことだろう。はっきりとしたこたえを期待しても無理かもしれない。

芝原が、コピーを差し出したので、須田がそれを受け取った。安積は、さきほど須田が糠田にした質問を、芝原にもしてみることにした。

「その写真の中に、ご存じの方はおられますか？」

芝原が、即座にかぶりを振った。

「いいえ、知らない人ばかりです」

「そうですか……」

「ええ、まあ……」

「刑事さん、僕は、あなたがたの言う『個室男』のことなど何も知らないのです。トイレで声をかけられた。ただそれだけなんです。いったい、何が訊きたいのですか？」

芝原は苛立《いらだ》った様子だった。仕事に戻りたいだけかもしれない。だが、そうではなく、刑事に尋問されること自体にプレッシャーを感じている可能性もある。

安積はこたえた。

「供述が一致していないのです」

芝原は、ますます落ち着かない態度になった。

「一致していない……？」

「はい。爆発に際して、あなたを含めて五人の方が現場にいて怪我をされました。五人のうち、四人の方は、『個室男』を見ていて、その声も聞いています。でも、一人だけ、『個室男』のことを知らないと言っている方がおられるのです」

「それが、そんなに問題ですか？」

安積は、なだめるように、できるだけ穏やかな口調で言った。

「問題というわけではありません。ただ、供述がちゃんと一致していないと、私たちはどうも落ち着かないのです」

「五人のうち四人が見てるし、声も聞いている。それでいいじゃないですか」

「理由が知りたいだけなんです」

「理由……？」

「そう。爆発の被害にあったということは、同じ時間にトイレにいたということなのです。なのに、どうして、『個室男』を見たという人たちと見なかったという人に分かれるのか……。その理由がわからないのです」

芝原は、ちょっとふてくされたような態度になった。

「そんなこと、僕に言われてもわかりませんよ」

開き直ったのかもしれない。安積は、須田を見た。何か訊きたいことがあるかと無言で尋ねたのだ。須田は、かぶりを振った。

安積は、引きあげることにした。芝原に礼を言って立ち上がる。芝原が、ほっとした顔をした。

22

芝原が勤める会社を出たのは、十一時半だった。十二時になると、飲食店が一斉に混《こ》み始めて、なかなか昼食を取ることもできなくなる。早めに食事をすることにした。

築地まで足を延ばそうとも思ったが、もともと安積は、食べ物にうるさいほうではない。うまいものを食うのに越したことはないのだが、わざわざ足を延ばしたり、行列に並んでまで食べようとは思わない。

須田も、同じだ。太っているので、誤解されがちだが、須田は、食い道楽でも大食いでもない。体質的に太りやすいのだ。

通り沿いにあるカウンターだけのどんぶり物の店で飯をかき込んだ。早飯は刑事の心得だと、若い頃に教えられた。須田も食べるのは速い。

茶をすすり、須田に尋ねた。

「前に会ったときと、何か変化はあったか?」

どこで誰が聞いているかわからないので、できるだけ固有名詞を出さないように気をつけた。

「あまり変化はありませんね」

「なんだか、おどおどしているように感じたんだがな……」

「俺と黒木が会ったときもそうでした。もともと、そういう性格なのかもしれません」

須田の言うことなら、間違いないだろう。そう思ったとき、須田はちょっと声を落として付け加えた。

「でも、やっぱり、疑おうと思えば疑えますね。話が一致しないと言ったとき、妙に苛立った感じでした」

「どうして苛立ったのだろうな?」

「思い通りに事が運んでいないと思ったからかもしれません」

それから、また西洋人のように肩をすくめた。「まあ、もっとも、仕事が忙しいときに、刑事が突然会いに来て、それで苛立っていたのかもしれないですね」

結局、須田の意見もどっちつかずだ。店を出ると、安積はさらに尋ねた。

「おまえの印象でいいから言ってみてくれ。二人は、何か隠し事をしていると思うか?」

須田はしばらく考えていた。やがて言った。

「わかりません」

安積はうなずいた。いくら須田でも、印象だけでは判断がつきかねるだろう。

次に、安積たちが向かったのは、原嶋光一が勤める出版社だった。会社は、銀座一丁目にある。食事をした場所からそれほど遠くない。

原嶋は会社にいたが、おそろしく殺気立っている。

「今日は校了なんでね……」

彼は言った。安積には、その意味がわからなかったが、とても話を聞ける雰囲気ではないことはたしかだった。

「出直してきます」

原嶋は、手もとの印刷物を睨《にら》みつけたまま言った。

「五分だけならいいですよ」

「明日のほうが、もっと時間の余裕があるんじゃないですか?」

「明日は、校了明けで死んでますよ」

「はあ……」

「済ませるなら、早く済ませてほしいですね」

「わかりました。じゃあ、五分だけ」

原嶋は顔を上げて椅子《いす》を回した。安積と須田は原嶋の背後に立っていたのだ。

「何が訊きたいのですか?」

「トイレで『個室が故障している』と言っていた男のことを、我々は『個室男』と呼ぶことにしました」

「それで……?」

「あなたは、本当に『個室男』を見ていないのですね?」

「見ていません」

「あなたがトイレに入ってから、爆発が起きるまではどれくらいの時間がありました？」

「そうですね……。三分くらいですか？　トイレに入って用を足して、手を洗って……。出ようとしたとき、背後から、どかん、でした」

「出ようとしたとき……？」

「そうです。だから、軽傷で済んだんだと思いますよ」

須田が安積の顔を見ているのに気づいた。安積は、かすかにうなずいた。

「写真を見ていただけませんか？　この中に、知っている方がいらっしゃるかどうか……」

須田が、原嶋以外の被害者の写真のコピーを手渡す。

「ああ、何人か見覚えがありますね。あのときトイレにいた人でしょう？　この人とこの人は、僕がトイレに入っていったときに、すでにトイレの中にいました」

原嶋が選んだのは、糠田と芝原の写真だった。

「トイレで会っただけの人を覚えておられるのですか？」

「職業柄、多くの人に会うので、特徴を覚えるのが習慣になっているんです。それに、東京ビッグサイトには取材に行っていたので、意識が取材モードになってましたしね……」

どの世界でもプロというのは、たいしたものだと、安積は思った。

「あとの二人はどうですか？」

「覚えてませんね。でも、僕がトイレを出て行くときに、すれ違いで入ってきた二人組がいたから、たぶんその二人なんでしょう」

原嶋の言葉には信憑性《しんぴょう》があるように感じられる。彼は二人組と言った。小松行彦と串田昭雄は同じ大学に通う友人同士なので、二人で行動していたに違いない。

「約束の五分が過ぎましたが……」

安積はうなずいた。

「ご協力、ありがとうございました」

「お役に立てましたか？」

「ええ、おおいに」

「それはよかった」

安積は、もう一度礼を言ってから出版社を出た。

小松行彦と串田昭雄は、自宅にはいなかった。須田が、二人の携帯電話にかけて、居場所を聞き出した。

小松行彦は、アルバイト先にいた。世田谷の自宅近くのファーストフードの店だった。午後三時から休憩があるというので、その時間に訪ねることにした。

「『個室男』ですか。それわかりやすくていいですね」

小松行彦は安積の質問にこたえて言った。「ええ、たしかに姿も見ているし、声も聞いていますよ」

「『この個室は故障して使えない』と、訊かれもしないのに、向こうから言ったのですね」

「そうです」

「誰に向かって言ったのだと思いましたか？」

「自分たちが言われたんだと思いました」

「自分たちというのは？」

「自分と串田です」

「当日は、二人で行動なさっていたのですね？」

「ええ。いっしょに歩いていました」

「爆発が起きたのは、トイレに入ってどれくらい経《た》ってからですか？」

「二人でトイレに入ろうとしたときですよ。もうちょっと早かったら、二人とも大怪我だったかもしれないです」

この発言は、原嶋が言ったことと矛盾しない。

「入るとき、誰かとすれ違いませんでしたか？」

小松行彦は、首を傾《かし》げた。

「さあ、覚えてないですね」

小松行彦にも写真を見てもらった。

「この中に知っている人はいますか？」

「いますよ。串田は知っています」

た。

「覚えてないです」

「記憶に残っている人もいませんか?」

「いませんね」

「ほかには?」


ファーストフードの店を出ると、今度は串田昭雄に会うために、近くの居酒屋に向かった。

今日はサークルの飲み会があるのだそうだ。安積たちが到着したときは、まだ串田たちは来ていなかった。

しばらく待つと、団体がやってきて、その中に串田がいた。須田が、串田をカウンターにいる安積のところまで連れてきた。

串田はひどく緊張している様子だった。悪い傾向ではないと、安積は思った。刑事は尋問の際にさまざまなテクニックを使う。心理的な圧力をかけるのもその一つだ。

緊張している相手には、その手間が省ける。

「もう一度、当日のことを聞きたいのですが、よろしいですか?」

串田は、ちらりと団体のほうを見た。

「いいですよ」

何かを諦《あきら》めたように串田が言った。安積は、小松行彦に尋ねたことを繰り返した。

串田のこたえは、小松のものと一致していた。『個室男』を見たという点も、トイレに入ろうとしたときに爆発が起きたという点も……。

写真を見てもらったが、小松以外に知っている人はいないということだった。

礼を言って解放してやると、小松はほっとした表情になった。

店を出ると、雷が鳴っていた。

昼間は晴れていたが、最近は夕方になると突然雨が降りだすことが多い。今日もそうかもしれない。一刻も早く署に戻りたかった。

ゲリラ豪雨に直撃されるのだけは避けたい。

下北沢の駅に向かっていると、須田が言った。

「原嶋光一の言っていることが本当だとしたら、黒木の説は成立しなくなりますね」

たしかにそのとおりだった。

23

雨がぽつぽつと落ちてきたが、本降りになる前に東京湾臨海署にたどり着けた。移動の途中、須田はずっと考え事をしていた。こういうときは邪魔をしないほうがいい。

捜査本部に戻ると、安積のほうの特命班のあとの二人も戻っていた。本庁の捜査員だ。二人とも三十代の巡査部長で、そこそこやる気のある刑事だ。

体格は対照的だった。一人はひょろりと背が高い。もう一人は背が低く小太りだ。のっぽのほうが吉村《よしむら》、小太りのほうが内藤《ないとう》という名だった。

四人は、ずらりと並んだ長テーブルの後ろのほうに陣取り、互いに見聞きしたことを報告しあった。吉村と内藤は、須田が見つけた掲示板の書き込みについて調べていた。プロバイダーを当たったが、成果はなかった。本庁のハイテク犯罪対策センターにも問い合わせたが、今のところ進展はないということだ。

安積が、聞き込みの結果を報告しようとしていると、地取り班の連中が次々と帰ってきた。土砂降りになって、話を聞く相手もいなくなり、戻ってきたのだろう。

結局、昨日と同様に、村雨、黒木、桜井の三人も安積のもとに近づいてきた。

須田が、今日の聞き込みの結果をかいつまんで説明した。

本庁の吉村が、意外なほどの低音で言った。

「えーと、五人のうち四人が『個室男』を見たと言ってるんだろう？　声も聞いている。ならば、問題ないだろう」

須田が、少しばかりしどろもどろになって言った。

「いや、その……。数の問題じゃなくて、原嶋光一の供述と他の四人の言っていることが食い違っているのが問題で……」

須田は、あまり親しくない人に何か指摘されると、たいていうろたえてしまうのだ。

「だから、それは、おたくの黒木が言ったことで説明がつくんだろう？」

「ところが、今日の聞き込みで、その説が成立しないことがわかった」

安積と須田を除く全員が、怪訝そうな顔をした。小太りの内藤が尋ねた。

「それはどういうことなんだ？」

「黒木の説は、こうだ。『個室男』は、トイレにいた人たちに、『個室が故障している』と言ってからトイレを出て行った。それと入れ違いに原嶋光一が入ってきた。だから、原嶋は、『個室男』の言葉を聞いていなかった。つまり、『個室男』の存在を知らなかったわけだ」

「それでいいじゃないか」

「でもね、原嶋は、用を足してトイレを出ようとしたときに爆発が起きたと言っているんだ」

「別に変じゃないだろう。原嶋が入ってくる前に『個室男』がトイレから出ていった。それだけのことだ」

「でもね、原嶋は、トイレを出ようとしたときに、小松と串田の二人組がすれ違うように入ってきたのを覚えていた。そして、小松と串田の二人も、トイレに入ろうとしたときに爆発が起きたと言っている。この点、原嶋、小松、串田の供述は一致している」

「それで……?」

「小松と串田は、『個室男』を見たと言ってるんだ。原嶋がトイレに入る前に、出て行った『個室男』を、小松と串田が見られるはずがないんだよ」

吉村と内藤がしきりに頭脳を回転させようとしている様子だ。

村雨が言った。

「爆発が起きた時点での五人の居場所を考えればいいわけだ。原嶋は、トイレを出ようとしていた。小松と串田の二人は、トイレに入ろうとしていた。糠田と芝原は……?」

須田がこたえた。

「おそらくトイレの中にいた。だから、糠田の怪我が一番ひどかったんだ」

村雨はうなずいた。

「黒木説は、他の四人はトイレの中で『個室男』と会ったが、原嶋だけは入れ違いだったので、見なかったというものだが、たしかに、原嶋の言うことが本当なら、黒木説は成立しない」

吉村と内藤は、ようやく理解した様子だった。吉村が言った。

「じゃあ、いったいどういうことなんだ？」

須田と村雨が安積のほうを見た。安積は言った。

「論理的におかしい。つまり、誰かが嘘を言っているということだろう」

吉村が言った。

「四人が『個室男』を目撃しているんだ。嘘をついているのは、原嶋光一じゃないのか？

もし、原嶋が言っていることが嘘なら、黒木説が成立するということになるんだろう？」

「理屈の上ではそうなるね」

須田が言った。さきほど、しどろもどろになりかけた須田とは別人のようにしっかりと
している。「でも、原嶋光一が嘘を言う理由がわからない」

これは、須田が昨夜も言っていたことだ。

内藤が尋ねる。

「理由……？　じゃあ、他の四人が嘘をついている理由ならわかるというのか？」

須田がうなずいた。

「実在しない『個室男』をでっちあげることだ」

安積班の面々は、昨夜この話を聞いているので、驚かなかった。だが、吉村と内藤にと
っては初耳だ。彼らは、顔を見合わせた。どう反応したものか考えている様子だった。

昨夜、須田の思いつきの話を聞いたときは、ほとんど信憑性はないと感じていた。だが、その話を念頭に置いて聞き込みをしてみると、以前は気づかなかった矛盾点が見えてきた。

安積は、言った。

「これまで、あまり注目していなかったが、爆発の被害者同士の関係を、徹底的に洗う必要があるかもしれない」

内藤が思案顔で言った。

「……となると、四人じゃ手が足りないな……」

村雨が安積に言った。

「捜査会議で報告すれば、幹部は人員を割く必要があると判断してくれるかもしれません」

幹部はそれほどものわかりがいいだろうか。安積にはわからなかった。だが、村雨が言うなら間違いないだろうと思った。

午後八時から捜査会議が始まり、地取り、鑑取り、遺留品捜査などの班ごとに報告が行われた。

朝の会議同様、いずれの班からも、目新しい事実は発表されなかった。

司会をやっている理事官が言った。

「他に、何か報告することは？」

相楽が手を上げた。理事官が指名すると、相楽は立ち上がり、言った。

「現在、ネット関連の犯罪歴のある者を片っ端から引っ張って話を聞いています。おそらく、この中に今回の予告、ならびに爆破に関与している者がいるはずです」

安積は驚いた。

任意同行にしろ、過去に犯罪歴があるというだけで身柄を引っ張ってくるというのはやり過ぎではないだろうか。

「危険ですね……」

隣に座っていた須田がそっと言った。「ネットの常連は、みんな権利意識が強いですから……。訴えられかねませんよ」

安積はうなずいた。相楽が着席するのを待って、挙手をした。理事官に指名されると、立ち上がって、今須田が言ったことをそのまま発言した。

理事官は、管理官の一人を呼んで、何やら話し合っていた。

相楽が、指名もされないのに、安積に向かって言った。

「訴えられるようなヘマはやらない。こちらが一歩先んじているからといって、そういうことを言うのはフェアじゃないですね」

フェアとはどういうことだ。

安積は、あきれてしまった。相楽は、捜査よりも勝負にこだわっているようだ。そんなことをしていたら、足元をすくわれる。そう言ってやりたかったが、言ったところで耳を貸さないだろう。

新たな職場に異動になり、やる気が空回りしているのかもしれない。

理事官が、相楽に言った。

「違法捜査にならないように、充分注意してくれ。訴訟沙汰《ざた》はまっぴらだぞ」

「はい。わかっています」

「それから、会議中は勝手に発言しないように」

「はい」

理事官は、咳払《せきばら》いをした。話題を変えるという合図だろう。

「他に報告は?」

安積は再び挙手をした。理事官が言う。

「今の話題の続きじゃないだろうな?」

「違います。こちらの特命班の報告事項です」

「じゃあ、頼む」

安積は、さきほど特命班と安積班のメンバーで話し合った内容を、できるだけわかりやすく説明しようとした。

捜査員たちの中には、明らかに戸惑った表情の者が何人かいる。彼らは、すぐには理解できないのかもしれない。

安積の説明が終わると、理事官は、難しい表情で言った。

「つまり、こういうことか? 『個室男』は実在しないと……」

「いえ……」

安積はこたえた。「あくまでもその可能性があるということです。それを確かめるためにも、被害者同士の関係を、徹底的に、しかも早急に洗い直す必要があると思います」

理事官は思案顔になった。

「人員が必要だということだな……」

そのとき、相楽が手を上げた。理事官が尋ねた。

「何だ?」

「安積係長は、普段いっしょに仕事をしている気心の知れた部下を、特命班に欲しいと言っているのだと思います」

安積は、あわてて言った。

「いや、私はそういうことを言っているのではない」

相楽は取り合わなかった。

「捜査の効率を考えれば、それは悪いことではないと思います。その代わり、私の特命班にも私の部下を回してほしいのですが……」

捜査本部でこんなわがままが通るはずがない。安積は、そう思いながら理事官の顔を見ていた。

理事官は、管理官たちを呼んで何事か話し合っていた。やがて、その輪が解けると、理事官が言った。

「いいだろう。すでに、事件発生から時間が経って、地取りの成果が上がらなくなってきている。地取り班から、特命班に人を回そう。相楽が言ったとおりにするのも一つの手だろう」

安積はすっかり驚いてしまった。捜査本部の中で、特命班の持つ役割がとたんに大きくなってしまった。

それだけ、理事官は安積の報告を重視したということだろう。安積は、逆に自信がなくなってきた。もとはといえば、須田の思いつきに過ぎない。

もちろん、須田のことは信頼している。だが、いつも正しいわけではない。

結局、安積の特命班は、強行犯第一係と、本庁の吉村と内藤、相楽の特命班は、強行犯第二係と本庁の捜査員が一人という割り振りになった。

何のことはない、安積班対相楽班の勝負という色合いが濃くなったのだ。

これは健全な捜査本部とはいえない。安積はそう思っていたが、理事官や管理官たちが決めた方針なのだから逆らうわけにはいかない。

捜査会議が終わり、班ごとに集まって、打ち合わせを始めた。地取り班はすっかり人数が減ってしまった。鑑取り班は、これからまた聞き込みに出かける様子だ。

相楽班も打ち合わせを始めた。相楽は、ちらちらと安積班のほうを気にしている様子だ。

安積は言った。

「五人の被害者の関係を徹底的に洗う。おそらく、何も関係ないという偽装をしているはずだ。だが、もし何らかの関係があるとしたら、必ず接点がある。それを見つけるんだ」

全員を代表して村雨がこたえた。

「了解しました」

そうだ。細々《こまごま》と説明をしなくても、村雨に任せておけばいい。彼はやるべきことをすべて心得ている。

須田が安積に言った。

「じゃあ、俺は黒木と出かけてきます」

「待ってくれ」

安積は言った。「おまえには、たのみたいことがある」

「何です？」

「パソコンに張り付いてくれ。ネットを監視して、どんな手がかりでもいいから見つけてほしい」

須田は、プライドをくすぐられたようだ。ちょっとうれしそうな顔をして言った。

「じゃあ、黒木は一人で行動するんですか？」

「俺が黒木と組む」

そう言うと、黒木が緊張した顔つきになった。

午後九時半。捜査員たちは夜の街に出かけて行った。安積も黒木とともに、糠田の交友関係を洗うために署を出た。

黒木は、きっちり半歩斜め後ろについてくる。須田とは違い、無駄なことは一切言わない。

安積は、黒木に声をかけた。

「須田の説をどう思う?」

「どの説ですか?」

「あいつは、『個室男』を見たという四人のことを疑っている」

「はい」

「おまえの説が否定されたわけだが……」

「もともと、自分の説などたいした意味はありませんでした。あれは、須田チョウの説を補強するためのアンチテーゼに過ぎませんでした」

アンチテーゼとは今時珍しい言葉を聞いた。安積が若い頃にはさかんに使われた言葉だ。そんな言葉を黒木が使うことが意外だった。黒木は、妙に古風なところがある。

ともあれ、黒木は、須田を全面的に信頼しているということだ。

「じゃあ、おまえも『個室男』などいないと思っているのか?」

「四人が互いに知り合いであり、それを隠していたという事実が明らかになれば、『個室男』などいなかったということも明らかになると思います」

黒木らしい言葉だ。

「よし」

安積は言った。「ぜひともそれを証明しようじゃないか」

24

安積は、黒木とともに、深夜まで聞き込みを続けたが、糠田と他の三人の被害者を結びつける要素は何も見つからなかった。

「今日は、終わりにしよう」

安積は言った。「他の連中も、じきに引きあげるはずだ」

「捜査本部に戻りますか？」

黒木にそう訊かれて、安積は考えた。自分が自宅に戻れば、特命班の他のメンバーも帰宅しやすいだろう。

だが、安積は帰る気になれなかった。

おそらく、須田はまだパソコンにかじりついているだろう。村雨と桜井も、捜査本部に戻ってくるはずだ。

「そうしよう」

安積は言った。「何か進展があるかもしれないからな」

黒木はうなずいたが、あまり期待していない様子だった。黒木の感情は読み取りにくい。

だが、長い付き合いなので、何を考えているかだいたいわかる。

安積も同様だった。進展があるとは思えなかった。

俺たちは、間違った方向に進んでいるんじゃないだろうか。

ふと、そんなことを思い、不安になった。

相楽がもっと頼りになるのなら、彼らの特命班が真実を明らかにしてくれればいい。そんなことさえ思った。

だが、実際にそんなことになれば、我慢ならないことは明らかだった。

勝負にこだわる相楽を、心の中で非難しながらも、実は、俺だって相楽とそんなに違わないんじゃないかという思いがあった。

署に戻り、まっすぐ捜査本部に向かった。案の定、須田はノートパソコンに向かっていた。何やら難しい顔をしている。

黒木は、無言で須田のそばの席に腰を下ろした。須田は、モニターを見つめたままだ。

安積が声をかけた。

「何かわかったか?」

須田がびっくりした顔で安積を見た。

「チョウさん……」

それから、ようやくそばにいた黒木に気づいた。「二人とも戻ってたんですか……」

「今帰ってきたところだ。ずいぶん真剣な顔でパソコンを見つめていたな」

「前の『本番はこれからだ』という書き込みに対して、かなりの反応がありましてね……。ばかにするような書き込みも多いんですが、やはり大半は、この予告犯が実際にコミコンに爆発物を仕掛けたのと同じ人物だとわかっているようです」

「人物、あるいは集団……」

黒木が訂正した。須田はうなずいた。

「そう、集団かもしれない」

安積は尋ねた。

「大半が、わかっているというのは、どういうことだ? 予告犯のことをみんなが知っているということか?」

「知っているというのとは違いますね。でも常連の間では、なんとなくわかるのです」

それについては、もう質問しても無駄だという気がした。須田はその感覚をネット社会の住民たちと共有しているのだ。いくら説明されても、安積にはそれを実感することはできない。

そこに、吉村と内藤の二人が帰ってきた。安積はこの二人に、密《ひそ》かに「本庁でこぼこコンビ」と名付けていた。

安積は、二人に尋ねた。

「何か収穫は?」

のっぽの吉村のほうがこたえた。

「芝原の交友関係を当たりましたが、他の被害者との関連は見えてきませんね」

「そうか」

二人は、須田のほうをちらりと見た。何か進展があったかもしれないと期待しているのだろう。

安積は言った。

「犯行予告に対して、かなりの反応があったということだ」

二人は、曖昧にうなずいた。ネット上の反応が、事件にどういう関わりがあるのか、正確に理解できていないのかもしれない。

安積も似たようなものだった。

それから十分もしないうちに、村雨と桜井が戻ってきた。

村雨がやってくると、少し緊張してしまう。自分のほうが上司なのに、妙なものだと思う。

村雨は、安積が尋ねる前に報告に来た。

「小松行彦、串田昭雄の二人の交友関係を当たりましたが、他の被害者と結びつくものは見つかりませんでした」

安積はうなずいた。

「俺たちや、吉村たちも同様だった。被害者同士の関わりは見えてこない」

「ネットのほうはどうです？」

安積は、本庁でこぼこコンビに伝えたのと同じ説明をした。

「そうですか」

村雨は、気にした様子もなく言った。ネットのことなど、本当は関心がないのかもしれない。彼は、自分ができることだけをしっかりやるというタイプだ。

余計なことをしてつまずくことはない。

「今日は解散だ」

安積は、言った。「帰れるうちに待機寮に帰れ。それ以外の者も、寝床を見つけて休んでおけ」

柔道場に、蒲団《ふとん》が敷かれているはずだ。そこで寝ることになるだろう。無理してでも自宅に帰ったほうが休息が取れることはわかっている。

だが、結局署に泊まってしまうのだ。

部下たちは、それぞれに散っていった。須田が、名残惜しそうにパソコンの電源を落とした。黒木は、猟犬のようにじっと須田を待っていた。

須田、黒木、桜井の三人は、待機寮に住んでいる。すでに桜井は、姿を消していた。村雨といっしょに部屋を出て行ったのだ。

安積は、テーブルに肘《ひじ》をついて斜めに座り、考えていた。

被害者同士の関係が見えてこない。関係などないのかもしれない。だが、そうは思えなかった。

糠田、芝原、小松、串田。この四人につながりがあれば、口裏を合わせて『個室男』をでっち上げた可能性が強まる。

関係が見えてこないということは、やはり『個室男』がいたと考えなければならない。

だが、不思議なことに、四人の関係が否定されればされるほど、『個室男』などいなかったのではないかという疑問が強まってくるのだった。

最初は、たしかに須田の思いつきに過ぎなかったかもしれない。だが、被害者にあらためて会ってみると、須田説の可能性は高まっていくような気がした。

いや、須田は、思いつきだと言ったが、それはかなり謙遜《けんそん》した言い方に違いない。彼なりに知恵を絞った結果なのだ。

そして、安積は須田の洞察力を信頼していた。もしかしたら、何よりも信頼しているかもしれないとさえ思うことがある。

四人の被害者が、共謀して『個室男』をでっちあげたという可能性は否定できないという思いが強まりつつあった。

事実、今のところ、『個室男』は見つかっていない。そして、被害者の一人である原嶋光一は、『個室男』など見ていないと言っている。安積の観察眼によれば、原嶋が言っていることは信じられるように思えた。

爆発が起きたタイミングなど、小松や串田との供述とも一致している。五人の中で一番信頼性が高いと感じるのは、彼が趣味ではなく、仕事で現場にいたという先入観だろうか。

その点は、慎重に考えたいと思った。

だが、須田が言ったように、『個室男』については、いたと主張する者たちと、見ていないという者とのどちらかが嘘をついている可能性がある。

普通は多数派の意見を尊重したくなるものだが、この際、多数決は意味がない。

これも須田の説だが、もし、原嶋が嘘を言っているのだとしたら、その理由がわからない。だが、あとの四人が嘘を言っているのだとしたら、理由は明らかだ。

つまり、『個室男』という架空の人物が犯人だと、警察に思わせることだ。

糠田、芝原、小松、串田。この四人のつながりさえ明らかになれば、この事案の構図が一気に明らかになる。

だが、いくら調べても、彼らの関係は見えてこない。

何かあるはずだ。四人の関係を探る方法が……。

だが、それがどうしても思いつかない。

すでに午前一時半を過ぎている。当番たちが電話のそばで、ぼそぼそと話をしている。すでに理事官の姿はない。

道場に行って、蒲団で横になろう。

安積は立ち上がった。

明日になれば、何かアイディアも浮かぶかもしれない。

翌日は、午前八時三十分から捜査会議があった。前日の会議の確認しかすることがない。だが、ここでも、相楽は張り切っていた。さらに、今日も、ネット犯罪の前歴を持つ者たちを、任意で引っ張ると言った。

理事官が尋ねた。

「成果は上がっているのかね？」

「もちろんです」

相楽は自信たっぷりにこたえた。「もうじき、予告犯を挙げてごらんに入れますよ」

会議が終わると、捜査員たちは外に出かけた。安積も、昨日と同様に、黒木と出かけた。糠田の交友関係を洗うのだ。

飛び石のように、次から次へ手がかりを追っていけば、やがて目的の事実に到達できる。それは理想だ。

地道な捜査という言葉があるが、捜査というのは、もともとが地道なものなのだ。だが、それだけではだめだ。頭を使わなければならない。

隠された事実を暴くための、独自の知恵も必要だ。そして、時には幸運の助けを借りなければならない。

この日も、幸運の女神は舞い降りてはこなかった。

午後八時の会議に合わせて、捜査本部に上がった。くたくたに疲れていた。こういうときに、もう若くはないのだと実感する。黒木は平気な顔をしている。さすがは、安積班ナンバーワンのアスリートだ。

会議では、各班が報告するが、今のところ進展は見られない。

会議終了後、また、聞き込みに出かける。だが、やはり空振りだ。

そんな日がさらに一日過ぎていった。

今日は何日だったろう。二十三時過ぎに、黒木といっしょに捜査本部に戻ってきた安積は、ぼんやりとそんなことを思っていた。携帯電話で日付と曜日を確認した。

八月十九日木曜日。今日は、ゲリラ豪雨もなかった。

テレビがついていて、ニュース番組をやっている。お天気キャスターが、夕立のことを、台湾では夕暴雨《ゆうばくう》というのだと言っていた。

発音は、「サイパッホー」。通常は、「西北雨」と表記されることが多いが、正しくは、「夕暴雨」なのだそうだ。夕立といっても、台湾のような亜熱帯では、激しい雨が降るのだろう。

最近のゲリラ豪雨のような雨に違いない。ならば、日本でも夕立に加えて夕暴雨という呼称を採用すればいいのに……。

そんなことを思いながら、ふと須田を見た。

須田は、二日前と同様の難しい顔をしていた。そばに黒木がいる。

近づいて声をかけた。

「何か進展はあったか？」

須田は、いたずらを発見された子供のように、驚いた表情を見せてから、モニターに眼《め》を戻して言った。

「予告犯に対する書き込みが、ますます増えてますね。通常、こういう書き込みは、予告があったその日だけは盛り上がるけど、その後、急速に沈静化するもんなんですけど……」

「書き込みに対する、予告犯の反応は？」

「それが、あれ以来沈黙しているんです」

「なぜだと思う？」

「それをずっと考えていたんです」

「考えた結果、どうだった？」

「警察の動きが影響しているんじゃないかと思います」

「警察の動き……？　俺たちのことか？」

この質問に、須田は奇妙な表情をした。困ったような、そしてはにかむような、それでいて、どこか怒っているような複雑な表情だった。

「えーと、最初は、相楽さんたちのせいかと思っていたんです。相楽さんたちの班で、過去にネット犯罪の前歴のある人を片っ端から任意で引っ張っていると言っていたでしょう？　それが、掲示板なんかで話題にのぼりはじめているんです。だいたい、ネットの住人というのは、反権力的な傾向がありますから、非難囂々《ごうごう》ですよ。そのうち、煽られて、本当に訴えるやつが出てくるかもしれません」

「そいつは問題だな……」

安積は、インターネットの不気味さを考えていた。須田にしてみれば、不気味でも何でもないのかもしれない。

所詮《しょせん》、人がパソコンの前で書き込みをしているに過ぎない。だが、その仕組みや約束事をよく知らない安積にとっては、やはり異世界の出来事のように感じてしまう。

実際の社会よりも、悪い噂《うわさ》が早く広くそして、増幅されて伝わっているように思える。実際にそうなのだろう。

「噂がエスカレートするとやっかいだな……」

安積が言うと、須田はこくこくとうなずいた。

「俺もですね、それを心配していたんです。そして、そうした動きが、犯人たちを刺激するんじゃないかと……」

「それはあり得るな……」

だが、安積が何を言っても、相楽は反発するだけだろう。どうしたものかと、考えていると、須田がさらに言った。

「感情を逆なでされた犯人が、新たな計画を立てる恐れもあります」

安積は、眉《まゆ》をひそめた。

「犯人が爆発物を仕掛けたくなるようなイベントなどに、心当たりはあるか？」

須田はかぶりを振った。

「何といっても、夏の最大のイベントは、先日の模型コンベンションと、コミコンです。これ以上犯人にとって魅力的なイベントはないでしょう。でも、相楽班のやり方に腹を立てたとしたら、話題性など無視して実行するかもしれません」

「そのときには、また予告をするのだろうな」

「そうですね。あるいは、事後の犯行声明か……。そうでなければ、意味がありませんからね」

理事官に言って、相楽にやり過ぎないように、さらに釘《くぎ》を刺してもらおうか。そんなことを思った。

なんだか、先生に告げ口をする子供のようで気が引ける。だが、防犯の意味でも必要なことのように思えた。

須田がまだ何か言いたそうにしているのに気づいた。

「何だ？　相楽のことで、まだ何かあるのか？」

「いえね、チョウさん……。実は、相楽さんのことじゃないんですよ」

「相楽のことじゃない？　じゃあ、どんなことだ」

「予告犯が、沈黙したのは、もしかしたら相楽さんのせいじゃないかもしれないという気もしてきたんですよ」

「じゃあ、誰のせいだというんだ」

いと考えているのだ。


「俺たちのせいです」

「何だって……」

安積は、須田の言うことが理解できなかった。自分で思ったより険しい顔をしていたらしい。須田が、驚いたように言った。

「いえ、もしかしたら、そういう可能性もあるかなと思っただけで……。すいません、これも単なる思いつきです」

「思いつきでもいい。説明してくれ」

須田は、言いづらそうにしていた。どこから説明しようか迷っているようでもあった。何か言ってやろうかと思っていると、ようやくしゃべりはじめた。

「俺たち、被害者の洗い直しを始めましたよね。予告犯が沈黙してしまった時期と、その時期が一致するんです」

安積は、須田が言っていることを、慎重に考えた。

それは、須田や安積の考えを裏付けているような気もするが、単なる偶然かもしれない。検証なしにその事実に飛びつくのは考えものだ。

「つまり、俺たちの捜査が、犯人を慎重にさせたと言いたいんだな？」

「ええ、まあ、そういうことですが……」

もっとはっきりいえば、須田は、被害者五人の中に、予告犯や実行犯がいるかもしれないと考えているのだ。

だが、洗い直しを始めた時期と、予告犯が書き込みをやめた時期が一致するというだけで、そこまで考えるのは危険な気がした。

口を挟まず、じっと安積と須田のやりとりを聞いていた黒木に、尋ねてみた。

「おまえはどう思う？」

黒木は、すぐにはこたえなかった。

「須田チョウの言いたいことはわかります」

微妙な言い方だと思った。黒木も、慎重になる必要があると感じているに違いない。

安積は、うなずいてから須田に言った。

「参考にしておく」

そう言うと、須田は例の仏像のような顔になって言った。

「そうですね。ええ、チョウさんの参考にしてください」

つまり、今言ったことは、ここだけの話にしておくという意味だ。

須田は、再びパソコンの画面に眼を戻した。黒木は、安積のほうをちらりと見た。こちらが何を考えているのか、気にしている様子だ。

安積は、黒木に言った。

「とにかく、何か確証が必要なんだ」

「そうですね」

黒木がうなずいて、それだけ言った。

25

頭を冷やしたいと思った。

旧庁舎の時代なら、外階段に出るところだ。時に潮の香りがすることがあった。いつも香るわけではない。

それが不思議だった。いまだにその謎《なぞ》は解けていない。風向きのせいだと思うが、どうもそれだけではなさそうだ。

新庁舎になり、行き場がないような気分になっていた。一階に下りて、外の空気でも吸おうと思った。

途中で、速水に会って驚いた。深夜零時を過ぎている。暗い廊下の向こうから交機隊の制服姿の彼がやってきたときは、悪夢を見ているような気がした。

「よう、ハンチョウ」

「何でおまえがこんなところにいる。真夜中も署内をパトロールして歩くのか?」

「今日は当番でな……。眠気覚ましに顔を洗ってきたところだ。おまえこそ、何をしている?」

「眠れそうにないんで、風にでも当たろうと思ってな……」

「今夜は、おそろしく暑いからな。道場で寝ている捜査本部のやつらは、気の毒だ」

そう言って、速水は、にやりと笑った。安積がその気の毒なやつらの一人であることを百も承知なのだ。

安積が玄関に向かうと、速水がついてきた。

「何で来るんだ？」

「俺も風に当たりたいだけだ」

玄関を出ると、杖《じょう》を持った立ち番と眼があった。速水と二人で、歩道まで出た。まだ、アスファルトに熱気がこもっている。

風があるのがありがたい。雲が流れており、ときおり、月が顔をのぞかせる。

「それで、捜査のほうはどうなんだ？」

速水が言った。

「そういう話をしに下りてきたわけじゃない」

「嘘だな」

「嘘……？」

「おまえが、捜査から逃げ出そうなんて思うはずがない」

「別に逃げ出したいわけじゃない。ただ、ちょっと煮詰まっていてな……」

「何がどう煮詰まっているんだ？」

このとき、安積は不思議な感覚に囚《とら》われた。もしかしたら、速水は何もかも知っていながら、尋ねているのではないか……。

そんなことがあるはずがなかった。たしかに、速水は、地獄耳だが、捜査情報を入手できる立場にはいない。

それはわかっているのだが、そういう錯覚を抱かせる雰囲気を持っている。

「おまえに、捜査本部の情報を漏らすわけにはいかないよ」

「心配するな。俺は口が堅い」

「そういう問題じゃない」

「俺は、別に刑事たちの仕事に興味があるわけじゃない。ただな……」

「ただ、何だ?」

「後藤のことが気になるんだ」

またその話か……。

安積は、心の中で、つぶやいていた。これほど後藤にこだわるのは、まったく速水らしくない。

「何が気になるんだ?」

「わからん……」

速水は妙に不機嫌な顔になった。「だが、何だか妙な違和感がある」

「違和感だって?」

「そうだ。あいつは、何か警察の範疇《はんちゅう》を超えたことをやろうとしているのかもしれない」

「ばかな……。後藤がそんなことを考えるはずはない。いや、それ以前に、後藤が何かを考えたからといって、勝手に何かをやれるわけじゃない。警察というのは、そんなに簡単な組織じゃない」

速水は考え込んだ。

「わかってる」

うなるように言った。「だが、何だか気に入らないんだ」

速水というのは、常に泰然自若としているという印象があった。これほど何かに苛立《いらだ》っている速水は、あまり見たことがない。

何か言ってやるべきだと思ったが、何も思いつかなかった。結局当たり障《さわ》りのないことを言った。

「誰にでも気に入らないことはあるもんだな」

「おまえは何が気に入らないんだ?」

安積は、空を見上げて、どこまでしゃべっていいか考えた。

「誰かが嘘をついている。だが、誰なのかわからない」

速水は、ただうなずいただけだった。しばらくして、彼は言った。

「手がかりは常に現場にあるというのが、刑事の口癖なんじゃないのか?」

「現場の封鎖はすでに解かれている。何も残ってはいない」

速水が肩をすくめるのが、気配でわかった。

「まあ、俺には細かいことはわからん。だが、事件当日の現場を再現する方法はいくつもあるんじゃないのか?」

速水はそう言うと、玄関に向かって歩きだした。

安積は、時折顔をのぞかせる月を見上げて、今の速水の言葉について検討していた。

「なるほど、方法がないわけじゃない」

安積は、つぶやくと、足早に捜査本部に戻った。

「防犯ビデオですか……?」

本庁でこぼこコンビの、吉村が眉をひそめた。「すでに、何度も検証されているはずですが……」

「もう一度調べてほしい」

「あの……」

ずんぐりとした内藤が言った。「トイレの出入り口を直接映している防犯カメラはなかったんです。それで、捜査の参考にはならないだろうということになっていたんですが……」

「現場に一番近い防犯カメラの映像を調べてほしいんだ」

吉村と内藤は、顔を見合わせた。吉村は言った。

「まあ、やれと言われればやりますがね……。今調べている芝原の交友関係についてはどうします？」

「それは、一時棚上げでいい。防犯カメラの映像のほうを優先してくれ」

「了解しました」

吉村は言ったが、とても了解している顔ではなかった。「明日からかかります」

「頼む」

安積がそう言うと、二人は、寝床を求めて捜査本部を出て行った。

翌朝、会議の前に理事官と話をしておこうかと思った。相楽の強引な捜査がインターネットの掲示板で非難の対象になっていることを伝えるべきかもしれないと考えたのだ。

だが、やはり告げ口をするようで気が引けた。

理事官に言うより、相楽本人に話をすべきだろう。直接言いたくはない。妙に勘ぐられるのがオチだ。だが、少なくとも、理事官にこそこそ話をするよりはいい。

相楽がやってくるのを待って声をかけた。

「ちょっといいか？」

相楽は、面白がるような眼を向けた。

「何です？」

「来てくれ」

安積は、捜査本部となっている講堂の隅に相楽を連れて行った。周りに人がいないほうが話しやすい。相楽にとってもそのほうがいいだろう。

相楽は、訝《いぶか》しむように安積を見ている。

「警察の強引な捜査が、ネット上で問題視されているらしい」

「何のことです？」

「ネット犯罪の前歴を持つ者を、片っ端から引っ張っているだろう。それが、非難されているんだ」

「それで……？」

「掲示板で煽られて、訴えを起こす者も出かねないということだ」

たちまち、相楽は挑戦的な顔つきになった。

「それは、自分のやり方が間違っているということですか？」

安積は、溜《た》め息《いき》をつきたくなった。

「俺は、あんたのためを思って言っている。気をつけたほうがいい」

相楽は皮肉な口調で言った。

「ご忠告、ありがとうございます。話はそれだけですか？」

徒労感を覚えた。

「ああ、それだけだ」

相楽は、歩き去った。

言うべきことは言った。あとは、相楽がどう判断するかだ。お互い、子供じゃないんだ。安積は、そう自分に言い聞かせて、いつもの席に向かった。やがて、捜査会議が始まった。

その日、安積は外には出かけず、黒木とともに、本庁でこぼこコンビの報告を待っていた。何か成果があるはずだ。そう期待していた。

須田は本庁に出かけている。何でも、ハイテク犯罪対策センターに話が通ったとかで、そちらで何かを調べてくると言っていた。

どうせ説明を受けても、理解できないに違いないので、須田に任せることにした。

黒木は、明らかに手持ち無沙汰《ぶさた》の様子だった。他の捜査員が外で働いているのに、捜査本部にいることが気詰まりなのかもしれない。

吉村と内藤が戻ってきたのは、午後三時頃だった。二人とも汗びっしょりだった。今日も暑い。外を歩くだけで汗が噴き出すに違いない。

吉村が、ハンカチで汗を拭《ふ》きながら言った。

「いちおう、トイレに一番近い防犯カメラの映像を借りて来ました。見てみましたけど、トイレの出入り口が映っていないので、誰が出入りしたかはわかりません。つまり、『個室男』を特定することはできませんし、『個室男』がいたかどうかも、この映像からはわかりません」

安積はうなずいた。

「それでもいい。見てみよう」

吉村は、DVDを差し出した。

「爆発が起きる前後、二時間ほどの映像です」

黒木がそれを受け取り、ノートパソコンにセットした。

安積は、長テーブルの上に置かれたパソコンの画面を見つめた。黒木の背後からのぞき込むような恰好《かっこう》になる。

吉村と内藤は、その脇《わき》のあいていた席に腰を下ろした。彼らは、画面を覗《のぞ》こうともしなかった。手がかりなしと決め込んでいるようだ。

安積は、パソコンの前にいる黒木に言った。

「早送りはできるか?」

「はい」

黒木は、マウスを動かして倍速程度の早送りにした。おびただしい数の人々が通り過ぎていくだけだ。

突然、画面が揺れた。そして、行き交っていた人々の足並みが乱れた。駆け出す人、その場に佇《たたず》む人……。振り返る人、一様に驚きの表情だ。

爆発の瞬間だ。画面が揺れたのは、衝撃で防犯カメラが揺れたせいだろう。

その直後、画面の端に見覚えのある二人が映った。小松行彦と串田昭雄だ。彼らは、すぐにフレームアウトしてしまった。

それからは、混乱がいっそう激しくなった。警備員や警察官が駆けつける。来場者も駆け回っているという感じだ。

爆発の直後よりも、少し経《た》ってからのほうが騒ぎが大きくなるということが、この映像からよくわかる。

「戻してくれ」

安積が言った。黒木が、マウスを操作する。画面が逆回しになる。爆発の瞬間まで戻した。

「そこからまた、再生してくれ」

吉村と内藤が、そっと顔を見合わせるのがわかった。二人とも、どうせ無駄なことなのにと、心の中でつぶやいているのだろう。

小松と串田が映っているところまで来た。

「止めてくれ」

画面がポーズした。

内藤が尋ねた。

「何か見つかりましたか？」

「小松行彦と串田昭雄だ」

「ああ、彼らなら何度か映っていますね」

安積は、内藤の顔を見た。

「何度か映っている……？　爆発の直後だけじゃないのか？」

「ええ、もっと前にも映っているはずですよ」

安積は、黒木に言った。

「もっと戻してみてくれ」

逆回しになった映像を見つめる。

内藤が言ったとおりだった。画面の端のほうに、二人が映っているのが見えた。小松が携帯電話を耳に当てている。誰かに電話をしているようだ。

さらに戻すと、また知っている人物が映った。

原嶋光一だ。すぐに、その姿は画面の外に出て見えなくなった。

小松と串田が、また映っていた。

頭まで戻った。安積は、黒木に言った。

「もう一度、再生してくれ」

画面が動き出す。

不思議なもので、一度認識してしまうと、さっき気づかなかった小松と串田が妙に目立って見える。

原嶋の姿もはっきりとわかった。

「小松と串田は、合計三回映っているな……」

安積が言うと、内藤がうなずいた。

「ええ、三回ですね。それが何か……?」

「ここはおそらくトイレの前だな」

「そうだと思います」

「彼らは、ここで何をしているんだろう?」

吉村と内藤は、また顔を見合わせた。吉村が言った。

「いや、何って……。コミコンてのは、同人誌を買いに行くんでしょう?」

「他の来場者を見ろ。みんな通り過ぎて行くだけだ。このあたりでうろうろなどしていない。何度も映像に捉えられているのは、この二人だけだ」

「そりゃそうでしょうが……」

吉村は困ったような表情になった。

おそらく、俺のことを困ったやつだと思っているのだろう。そんな気がした。

俺の指摘は、間違っているのだろうか。

心配になって、思わず黒木に尋ねていた。

「おまえはどう思う」

黒木は、パソコンの画面を見つめたままこたえた。

「ここに映っている原嶋は、トイレに入るところなのだと思います。原嶋の証言によると、用を足してトイレを出ようとしたときに、二人組とすれ違ったと言っていますから、そのときに、小松と串田がトイレに入って行ったのだと思います。この映像を見る限り、原嶋の供述とも、小松、串田の供述とも矛盾はしませんね」

黒木らしい生真面目な返答だ。黒木の言葉がさらに続いた。

「この映像からすると、小松と串田は、原嶋がトイレに入ったところを見ていたかもしれません。その場面が映っていないので、はっきりしたことは言えませんが、小松が電話をしていますよね。もしかしたら、原嶋がトイレに入って行ったのを誰かに知らせたのかもしれません」

吉村と内藤は、驚いた顔で黒木を見つめた。安積も驚いた。黒木が、憶測でここまで思い切ったことを言うのは珍しい。

須田がいないせいかもしれないと、安積は思った。いつもは、須田が先に思い切ったことを言ってしまうので、黒木は慎重にならざるを得ないのではないだろうか。

安積は言った。

「小松と串田は、誰かから電話で指示を受けて、トイレに入った。そのとき、原嶋とすれ違うことになる。その直後に爆発が起きた……」

「ちょっと待ってください」

内藤が言った。「どうして、この映像を見ただけでそんなことが言えるんですか。ただの憶測でしょう」

「そうだ」

安積は言った。「だが、蓋然性《がいぜんせい》は高いような気がする」

「根拠は？」

「小松と串田の視線だ」

内藤が戸惑ったように眉をひそめた。

「視線……？」

安積は言った。

「爆発の直後、小松と内藤が映っているところまで進めてくれ」

黒木は映像を進めた。そして、ポーズにした。さすがに長年の付き合いだ。黒木がポーズにした場所は、安積が見たいと思ったまさにその瞬間だった。

もしかしたら、黒木も同じことに気づいているのかもしれないと、安積は思った。

画面の端に、小松と串田の二人が映し出されている。

「二人の視線を見てくれ。別々の方向を見ている」

安積が言うと、内藤はさらに怪訝《けげん》そうな顔になった。

「それが何か……？」

「これは、爆発が起きた直後だ。周囲の人たちの視線を見てくれ。ほぼ一定の場所に向かっている。爆発が起きたトイレの出入り口だろう。だが、小松と串田の視線は両方とも他の人々の目線と一致していない」

吉村と内藤は考え込んだ。彼らもようやく気づいたようだ。

吉村が言っていた。

「つまり、二人は爆発に驚いていないと……」

安積はうなずいた。

「事前に爆発のことを知らなければ、彼らも当然、他の来場者たちと同様に、びっくりしてトイレのほうを見たはずだ。この映像だと、彼らは爆発の音ではなく、他のことを気にしているようだ」

内藤が、考えながら言った。

「そうなると、彼らだけが何度か映っていることも説明がつきますね……」

吉村が、その言葉を引き継ぐように言った。

「つまり、二人は見張りをしていた……」

安積はうなずいた。

「電話をかけたのは、そのためだと考えることもできる。つまり、原嶋がトイレに入って行ったので、中にいる誰かに電話をしたんだ」

黒木が言った。

「中にいたのは、糠田と芝原の二人ですね」

「そう」

安積は言った。「そして、『個室男』がいたと言っているのは、糠田、芝原、小松、串田の四人だ」

「いや、しかし……」

吉村が言った。「たしかに、そういう考えも成り立つが、確証があるわけじゃありません」

「確証はない」

安積は、この事案に関わってから初めて高揚感を味わいながら言った。「だが、五人の供述とこの映像を合わせると、そういう構図が見えてくる。これは、供述だけではわからなかったことだし、映像だけでもわからなかったことだと思う」

「証拠が必要ですね」

吉村が言った。否定的な口調ではない。さきほどよりずっと前向きになっているように見える。

安積の高揚感は、刑事なら誰でも感じるものだ。おそらく吉村も同様の感覚を抱いているに違いない。

狩人が獲物を見つけたときの高揚感に似ているかもしれない。安積たちは、間違いなく獲物を発見したのだ。

そこに須田が戻ってきた。吉村と内藤が帰ってきたときと同様にびっしょり汗をかいている。

安積は、ぜひとも須田の意見を聞いてみたかった。

「須田、ちょっと来てくれ」

「何です?」

安積は、四人で話し合ったことを伝え、黒木に映像を再生させた。

須田は、戸惑ったような顔をしていた。半信半疑といった表情だ。安積は不安になった。先走りだっただろうか。

事件の構図が見えたと思い、つい暴走してしまったかもしれない。

須田は、じっと映像を見つめている。

「ちょっと、どいてよ」

黒木に言ってパソコンの前に座った。そして、自ら映像ソフトをいじりはじめた。映像を早送りしたり、巻き戻したりを繰り返した。

表情が変化してきた。例の仏像のような顔つきだった。須田が本気で頭を働かせはじめたのだ。

やがて彼は言った。

「そうですね。チョウさんが言うこと、うなずけますよ。ええ、蓋然性は高いと思います」

安積は、自信を取り戻した。須田が言うのだから間違いはない。そんなことを考えている自分に気づいた。

「電話の履歴だ」

安積は言った。「小松の携帯電話の履歴を調べれば何かわかるかもしれない」

「通信キャリアで履歴を調べるには、令状がいりますね」

「理事官に掛け合ってみよう」

そう言ったとき、ふと村雨のことが気になった。村雨は、どう言うだろう。もっと、慎重に捜査すべきだと言うかもしれない。

安積は、言った。

「我々の特命班の共通認識にしておきたい。村雨たちにも意見を聞いてみようと思うが……」

吉村が言った。

「そうすべきですね。納得していないわけじゃないんですが、会議で捜査員全員を説得するとなると、なかなか骨ですからね……」

安積は、須田に尋ねた。

「そっちはどうなんだ？」

「掲示板の書き込みについて、ハイテク犯罪対策センターの連中と相談してきました。予告犯はIPアドレスに細工をしていますが、その他の書き込みについては、IPアドレスが判明するものがあります。たどっていって書き込みをした人物を特定できるかもしれません。そこからは、ネット上の捜査ではなく、通常の捜査と同じく聞き込みになりますね。そういう人たちの中に、予告犯について何か知っている人がいるかもしれません」

「つまり、予告犯本人を掲示板の書き込みから特定することはできないが、周辺から手がかりが見つかるかもしれないということか？」

「ええ、そういうことです。ハイテク犯罪対策センターでも、今回の事件には関心を持っていましてね……。かなり本腰を入れて協力してくれると思いますよ」

「わかった。引き続き調べてくれ」

須田が急に眉をひそめた。秘密めいた口調になる。

「それと、これ、事件に関係あるかどうかわからないんですが、ちょっと気になるスレッドがありまして……」

「スレッド？」

「掲示板の中の項目のことなんですが……。話題ごとに分かれていくんです」

「どんな話題が気になるんだ？」

「特車二課なんです」

「警備部のか？」

「そうなんです」

「いったい、どこの誰が警視庁の新設部署のことなどを調べてくるんだ？」

「マニアはどこにでもいます。警察マニアは珍しくありませんよ。彼らは、驚くほど詳しく警察のことを知っています。中には所轄が使っている署活系の無線周波数まで知ってるマニアもいます」

「それで、特車二課がどんなふうに話題になっているんだ？」

「何だかとんでもない兵器が配備されるんだとか……」

「兵器……？　ばかな。警察が兵器を配備するはずがない。警備部の部署なんだから配備されるのは警備車両のはずだ」

そう言いながら、安積は爆発の後、コミコンの会場の外を移動していた巨大な影を思い出していた。雨の幕に隠れてゆっくりと移動する大きな影だ。

そして、次に頭に浮かんだのは、速水だった。まったく速水らしくなく、妙に特車二課と後藤のことを気にしている。

須田が言っていることと、それらが関係しているかどうかわからない。だが、少なくとも、雨の中の巨大な影については、特車二課の新装備だったという話を聞いている。

あれが、ネットで話題になっている兵器なのだろうか……。

須田が言った。

「どんな特車であれ、兵器に転用することはできますよね。放水車だって使いようによっては兵器になるんです。悪名高いのは、学生運動が盛んだったときに、行われた催涙弾の水平撃ちですよね。あれで死んだ学生もいたそうです」

「おい」

安積は驚いた。警察官の言葉とは思えなかった。しかもここは警察署内だ。

だが、須田の言いたいことは理解できるような気がした。つまり、警備車両として優秀であればあるほど、それは強力な武器に転用できるということだ。

「ほとんどが興味本位の書き込みですが、中には、本気で問題視している者もいるようです」

「問題視しているというのはどういうことだ？」

「警察が兵器を配備するのは許せないというのが、大筋の意見ですね。それを茶化すような書き込みがあり、炎上したことがあります」

「炎上……？」

「書き込みが過熱気味になることをそう言います。そして、炎上した時期が、先日の予告と一致するんです。まあ、これは偶然かもしれませんが……」

「どの予告だ？」

「コミコンの爆発の後にあった、本番はこれからだ、という予告です」

黒木と、本庁でこぼこコンビもじっと須田の話を聞いている。彼らは、何も言わない。だが、明らかに温度差を感じる。黒木は、重要なこととして受け止めているようだが、吉村と内藤は、明らかに関心がなさそうだった。

安積は須田に言った。

「わかった。関連はないかもしれないが、そちらにも注意を払っておいてくれ」

「わかりました」

それからほどなく、村雨と桜井が帰ってきた。村雨はそれほど暑そうな顔をしていない。それが不思議だった。

安積は二人を呼んで、映像の件を話そうと思った。すると、珍しく黒木が自ら発言した。

「ハンチョウ、自分が説明しましょうか？」

手間が省ける。

「頼む」

黒木は、村雨と桜井に説明を始めた。ここで、村雨が否定的なことを言ったら、どういう態度を取ればいいだろう。安積は考えていた。強気で押し切るべきだろうか。それとも、譲歩すべきだろうか……。

映像を見終わった村雨は言った。

「なるほど、話の筋は通りますね」

どうやら、杞憂《きゆう》だったようだ。村雨も安積たちの説に対して前向きの様子だ。

捜査会議の前に、理事官に相談しておこう。安積は、席を立った。

26

「爆発の被害者が、実は容疑者……？」

安積の報告を聞き、理事官は厳しい顔をした。安積はうなずいた。

「はい。彼らがコミコンの爆破予告犯ならびに、爆破の実行犯であると疑うに足る事実があると、我々は考えています」

「詳しく説明してくれ」

まず、『個室男』が実在するかどうかについて、疑問があることをあらためて説明した。『個室男』を見たという証言をしたのが四人。見なかったと証言したのが一人。被害者たちの中で証言が食い違っている。「見た」という四人が、実は口裏を合わせている可能性があるという須田の説を強調した。

そして、『個室男』がトイレから出て行った後に、入れ違いで「見なかった」と証言した原嶋が入ってきたのではないかという黒木説は、聞き込みの結果否定されたことも話した。

須田が、防犯ビデオの映像から静止画のプリントアウトを作ってくれていた。それを提示しながら、小松と串田の不自然な行動について説明した。

理事官の周囲に、次第に管理官も集まってきていた。

管理官たちはひそひそと話し合っている。後からやってきた管理官が、最初から話を聞いている
説明を聞き終わると、理事官は、腕を組んで考え込んだ。安積は、判断を早く聞かせてほしかった。だが、何も言わずに待つことにした。長い沈黙の後に、理事官が言った。

「それで、具体的には何をしたいと……？」

「爆発の被害者たちが所持している携帯電話の通話記録を調べたいのです。通信事業者に調べてもらうための、捜索令状が必要です」

理事官は、かすかにうなった。

「判事が納得するかどうか微妙なところだな……」

「物的証拠がないのです。通話記録は、数少ない証拠の一つとなるでしょう」

理事官は、周囲にいた管理官たちに尋ねた。

「今の安積係長の話、どう思う？」

管理官の一人が言った。

「以前、会議で報告を聞いたときはぴんときませんでしたが、あらためて、説明を聞くと、納得できる気がします。爆発の被害者たちが予告犯や実行犯だったというのは、たしかに盲点だったかもしれない」

別の管理官が言う。

「爆発物を仕掛ける者が、一番被害にあいやすいというのも事実です」

理事官は、また考え込んだ。今度の沈黙は短かった。

「よし、令状を請求しよう。他には……？」

「本庁のハイテク犯罪対策センターの協力をあおいでいます。須田を連絡係にしたいと思います」

「いいだろう。課長に言って、正式に協力態勢を取ってもらおう」

安積は、礼をした。その場を離れようとすると、理事官が言った。

「今の話、捜査員全員で共有しておきたい。夜の捜査会議で発表してくれ」

「わかりました」

相楽がどういう反応を示すか……。それが気になって、ちょっと気分が重くなった。

夜の捜査会議が始まり、安積はいつになく緊張していた。四人の被害者が実は容疑者かもしれないということを、捜査員たちに納得させなければならない。

すでに、被害者たちの関係を洗い直すということは知らせてある。洗い直しの結果を発表する形になる。

これまで判明した事実を報告すればいいだけのことだ。安積はそう思い、自分自身を落ち着かせようとした。

村雨の姿が眼に入った。

そうだ。俺が何かヘマをやったとしても、きっと村雨がフォローしてくれる。

いつもは、煙たく思っているのに、こういうときにだけ頼りにしてしまう。俺は、なんと身勝手な上司だろう。

理事官が安積を指名した。

安積は、さきほど理事官に話したのと同じ内容を発表した。

捜査員たちの反応はまちまちだ。すぐには理解できないらしく、眉をひそめる者、関心を示す者もいるが、大半は、面倒くさそうに説明を聞いている。

反感を持っている捜査員が多いように感じるのだが、もしかしたら被害妄想かもしれない。

ただ単に、戸惑っているだけなのだろう。

須田が用意した静止画のコピーを配ると、少しだけ会議の雰囲気が変わった。刑事というのは、眼に見える根拠があると、とたんに関心を示しはじめる。

静止画で見ると、小松と串田の視線が、他の来場者たちの視線と違って不自然であることがよくわかるはずだ。

安積が報告を終え、理事官が言った。

「何か質問がある人は挙手をして……」

しばらく誰もが無言だった。最初に挙手をしたのは、思ったとおり相楽だった。理事官が指名すると、相楽は言った。

「被害者が容疑者だという着眼点は面白いと思いますが、今の安積係長の発言は、すべて推測に過ぎないと思います」

理事官が言った。

「だから、これから物証を探すんだ。手始めに、被害者たちの携帯電話の通話履歴を調べることにした」

相楽はさらに言った。

「それで何も出てこなかったら、捜査のやり方が非難されますよ。プライバシーに関わることですからね。マスコミに知られでもしたら攻撃の対象になるかもしれない」

その言葉をそのままあんたに返してやりたい。

安積はそう思っていた。

相楽は、相変わらずネット犯罪に関わった者を任意で引っ張っては取り調べをしているようだ。

理事官がこたえた。

「だが、通話履歴から何かわかれば、それは有効な物証になる。私は、安積君の説に乗ってみてもいいと思っているがね……」

「我々の特命班は、これまでどおりの方針で捜査しますが、いいですね？」

理事官は、ちらりと安積のほうを見た。

「かまわないと思う」

相楽は満足げにうなずいた。

「では、そうさせてもらいます」

もし、自分の説が間違いで、相楽の考えが正しかったら……。

ふとそんなことを考えている自分に気づいた。安積は、慌ててその考えを打ち消した。

須田と村雨が納得してくれたんだ。間違いはない。そう思うことにした。


その日も、須田は深夜までパソコンに向かっていた。すでに、村雨も桜井も捜査本部をあとにしていた。どこかに聞き込みに行ったのか、帰宅したのか、安積は知らない。

所轄の仕事のときは、安積は部下たちの行動を把握している。だが、捜査本部となると安積の手を離れてしまう。

須田が残っているので、黒木も残っている。彼はひっそりと須田の影のように付き添っている。

口うるさく、帰れというのはやめにした。須田は、必要だと思うからパソコンに向かっているのだろう。彼が何かを見つけてくれることを期待して、安積は柔道場の蒲団の上にごろ寝することにした。

翌日の朝、捜査本部に顔を出すと、須田が興奮した面持ちで近づいてきた。

「おい」

安積は、驚いて言った。「徹夜したんじゃないだろうな」

「徹夜はしていません。昨夜はちゃんと寮に帰りましたよ。朝早くに、連絡があったんです」

「連絡?」

「ハイテク犯罪対策センターです。糠田の書き込みを特定できました」

須田の表情は明るい。だが、安積には須田が言っていることの意味合いが、今一つぴんと来なかった。

「糠田の書き込みの特定……」

「はい。掲示板に書き込むときは、たいてい『名無し』にするか、ハンドルネームを使います。だから、誰が書き込んだかわかりません。でも、書き込んだ人物を特定する方法がないわけじゃないんです」

「つまり、匿名の書き込みが、糠田のものだと特定できたということだな?」

「そうです」

「それは、爆破予告なのか?」

「いいえ、前にお話しした特車二課に関するスレッドです」

「特車二課に関する……?」

「そして、同じスレッドに、串田が書き込んでいたことも判明しました」

「どういうことだ?」

「つながったんですよ、糠田と串田が。串田と小松は同じ大学に通う友人同士です。つまり、糠田、串田、小松の三人がつながったことになります」

安積は、言葉を失った。これは、決定的な事実かもしれなかった。

現実の社会では、彼らのつながりを見つけることはできなかった。だが、ネットの世界でつながりが見つかったのだ。

「これで、おまえさんの説が現実味を帯びてきたな。つまり、五人のうち三人がつながっていることがわかり、存在しない『個室男』がいたように口裏を合わせていたということも考えられる」

「ええ、その可能性はあります」

須田の口調がトーンダウンした。

「どうした。防犯ビデオの映像を考え合わせると、あの三人が爆発に関与していた可能性はおおいに高まったことになる」

「そうかもしれませんね。でも、同じスレッドに書き込んでいたからといって、知り合いだということは証明できないんです。お互い、実名を知っていたかどうかもわかりません」

「匿名性が障害になるということか」

「ええ」

須田は例の仏像のような表情になっている。「でも、糠田と串田が知り合いであることは、ほぼ間違いないと思います。それを掲示板への書き込みだけでは証明できないということなんです」

須田の読みはおそらく間違いないだろう。

「今日、令状が下りるだろう。携帯電話の通話記録を調べればはっきりするかもしれない」

「そうですね。それを期待しましょう」

管理官の一人が、電話に向かって怒鳴っていた。

「なんだ、それはどういうことなんだ？」

登庁してきたばかりの理事官が、そちらを見てしかめ面をしている。電話を切った管理官に理事官が尋ねた。

「どうしたんだ？」

「弁護士から電話で、この捜査本部を訴えるというんです」

「訴える……？」

「相楽たちですよ。不当な取り調べを受けたとかで、えらく腹を立てている連中がいて、何人かで提訴すると息巻いているらしいです」

安積は、須田と顔を見合わせた。

恐れていたことが起きたと思った。

理事官が言った。

「相楽はどこにいる？」

捜査員の一人がこたえた。

「取調室だと思いますが……」

「この時間から取り調べか？」

「昨夜から続けているんだと思います」

理事官は、目を丸くした。

「任意同行の相手に、一晩中取り調べをしたということか？　すぐに相楽を呼べ」

安積は、須田とともに部屋を出て行くことにした。その場にいないほうがいいと思ったのだ。もし、逆の立場なら、相楽にいてほしくないと思うだろう。

部屋の外には、この時間なのにすでに新聞記者たちが集まっていた。理事官と管理官の話を聞かれたかもしれない。

安積が、講堂の外に出ると、何人かが声をかけてきた。だが、安積は無視をした。今は、ことさらに何も言いたくない気分だった。


強行犯係にいると、携帯電話が震動した。相手は理事官だった。

「はい、安積です」

「どこにいる？」

「強行犯係の席にいます」

「すぐに来てくれ」

何事だろう。須田とともに、捜査本部に戻った。理事官が苦い顔をしている。

「裁判所に行っている係員から連絡があった。窓口だけでは用が済まず、判事に呼ばれたんだそうだ。口頭で説明するようにとのことだが、係員は疎明《そめい》資料も提示できず、困り果てているということだ」

安積は言った。

裁判所に出向いた係員は、まだ、ネット上で糠田と串田がつながったことを知らない。

「わかりました。私が行きます」

「そうしてくれるか」

すぐに出かけた。すでに気温が上がりはじめている。ネクタイをしているので、襟のあたりが汗でじっとりと濡れてきた。

裁判所の窓口に行くのに、捜査車両は使えない。自腹でタクシーに乗ることにした。

この令状が下りるかどうかが勝負だと、安積は思っていた。携帯電話の通話記録を調べれば、必ず糠田、串田、小松、芝原のいずれかのつながりがわかるに違いない。

先に来ていた係員と合流した。判事が待っているという。安積はすぐに会いに行った。

まだ若い判事だった。

「爆発に巻き込まれた被害者たちの携帯電話の通話記録を調べたいとのことですが、私にはその必要性が理解できません」

安積は、『個室男』のことから始まり、四人が口裏を合わせている可能性や、防犯カメラの小松と串田の映像について、細かく説明した。防犯カメラの映像から作った静止画も提示した。

「ですが、どれだけ捜査しても、小松と串田以外のその四人の関連は見つからなかったのでしょう?」

「今朝、新たな事実が見つかりました。糠田と串田が同じ掲示板のスレッドに書き込んでいることが、警視庁のハイテク犯罪対策センターの調べで判明したのです」

判事は、しばらく無言で考えている様子だった。

「個人の通信記録を調べるというのは、たいへんデリケートなことです」

「プライバシーに関わるということは、充分に承知しています。しかし、これは爆破予告とその実行に関わる捜査なのです」

判事は、大きく一つ深呼吸をした。

「わかりました。令状を発行しましょう」

安積は、若い判事に頭を下げた。

「ありがとうございます」

27

須田と黒木には、パソコンによるネットの調査とハイテク犯罪対策センターとの連絡を担当させた。

村雨、桜井、吉村、内藤の四人に、携帯電話の通信事業者を回らせて、糠田、串田、小松、芝原の通信記録を入手するように言った。

夕刻になって、村雨たち四人が戻ってきた。

「ありました」

村雨が言った。「爆発の直前です。八月十五日十六時八分。小松の携帯から糠田の携帯に向けて通話記録がありました」

安積は、うなずいた。

「防犯カメラの映像の中で、小松がかけていた電話だな？」

「そう見て、間違いないでしょう。その前後、一時間以上、小松はどこにもかけていませんから……」

「さらに、ですね」

吉村が言った。「一ヵ月ほど前のことですが、糠田の携帯電話に、固定電話から非通知で着信していたことがあります。この非通知の番号を調べたところ、芝原の自宅の電話だということがわかりました」

非通知だと記録が残らないと、一般の人は考えがちだ。たしかに端末には残らない。だが、通信事業者には番号の記録が残る。電気通信事業法で、通信内容や通信の記録の秘密は保護されているが、令状がある場合は別だ。事業者は、警察の捜査に協力する義務がある。

これで、糠田、小松、串田、芝原の四人がすべてつながったことになる。

安積は、理事官にそのことを告げた。そのとき、ひな壇には野村署長も臨席していた。

「四人がつながっていることはわかった」

理事官が言った。「だが、それだけのことだ。彼らが爆破の予告をし、実行した証拠にはならない」

「しかし、彼らは互いの関係を否定したのです。糠田は、小松や串田、芝原のことを知らないと供述しました。彼らは嘘をついていた」

「嘘をついていたからといって、それが爆発物を仕掛けた犯人だということにはならないのだよ」

理事官が顔をしかめて言った。

「彼らを引っ張ってきて取り調べれば自白が取れるかもしれません」

安積が言うと、野村署長が理事官の代弁をするように言った。

「相楽のことがあるからな……。我々は慎重にならざるを得ないんだ」

そういえば、ずっと相楽の姿が見えない。

「相楽はどうしているんです？」

野村署長は、顔をしかめている。

「電話をかけてきた弁護士に会いに行っている」

後始末をしに行ったということか。大事にならなければいいが……。

もし、相楽が無茶な捜査をせず、訴えを起こすなどと言われなければ、理事官は、糠田たちの身柄を引っ張ってくることに同意したかもしれない。

だが、相楽に怨《うら》み言《ごと》を言っても始まらない。

「わかりました」

安積は言った。「では、彼ら四人に監視を付けるというのはどうでしょう？」

理事官はうなずいた。

「張り付く必要はあるかもしれない。張り込みのローテーションを組ませよう」

安積は、村雨たちのところに戻った。

「監視を付けることになった。まず、俺たち特命班が張り込みをやることになるだろう。交替要員を確保してくれるはずだが、何交替になるかはわからない」

村雨・桜井組が小松に、須田・黒木組が串田に、吉村・内藤組が芝原に張り付くことになった。

糠田は病院のベッドから動けないので、監視する必要はないだろう。後で話を聞きに行こうと、安積は思っていた。

安積の特命班のメンバーは、それぞれの持ち場に散っていった。

それからほどなく、村雨から電話があった。

「係長、どうやら小松が姿をくらましたようです。行方《ゆくえ》がわかりません」

安積は唇を嚙《か》んでいた。

「発見につとめてくれ。第二の犯行を計画している恐れがある」

「了解しました」

その直後、須田からも電話があった。

「妙ですよ、チョウさん。串田が消えちまいました」

「村雨から連絡があって、小松も姿を消したようだ。行方を追ってくれ」

「わかりました」

この分だと、芝原もいなくなっているだろうと思っていると、案の定、吉村から電話があった。

「芝原は昨日から会社を休んでいます。自宅のほうに来てみましたが、姿が見えません」

安積は、小松と串田も行方がわからなくなっていることを告げ、言った。

「見つけるんだ。おそらく次の犯行の準備をしているんだ」

「わかりました」

安積は、すぐに小松たち三人が姿をくらましたことを理事官と野村署長に告げた。

「わかった」

理事官がうなずいた。「応援を出そう」

「お願いします。村雨ら各員から連絡を入れさせます」

「係長、おまえさんはどうする？」

「糠田に会って来ます」


糠田は、相変わらず脚をワイヤーで引っ張られた状態で、ベッドに横たわっていた。

「ああ、どうも……」

糠田は、先日と同様にほほえみを浮かべて、安積を迎えた。だが、安積は笑みを返さなかった。

「小松行彦、串田昭雄、芝原道夫の三人が姿を消しました。どこにいるのかご存じありませんか？」

「それ、誰です？」

糠田は、ほほえんだまま戸惑ったような表情になった。

「いずれも、あなたと同じ爆発の被害者です。もっとも、三人とも軽傷でしたが……」

「ああ……。被害者……。わからないなあ。彼らが姿を消したってどういうことですか？」

「それは、こちらが訊《き》きたい」

「俺に訊いてわかるはずがないじゃないですか」

「あなたは、三人のことを知っていた。しかし、知らないと言ったのです。携帯電話の通話記録を調べさせてもらいました。爆発の二分前に、あなたは小松行彦と携帯電話で話をしていますね。そして、一ヵ月ほど前、芝原道夫とも電話で話をしているはずです」

「そうですか?」

糠田は、まだほほえんでいる。そのほほえみがまったく不自然ではない。彼は緊張していない。

ただ、ほほえみの印象が変わった。こちらを嘲笑《ちょうしょう》しているように見える。

「ちゃんと記録が残っているんです」

「じゃあ、話をしたことがあるのかもしれない。でも、今彼らがどこにいるかなんて知りませんよ」

「五日前の月曜日のことです。私の部下がネット上で新たな爆破予告とも取れる書き込みを見つけました。同時にそれは警察に対する挑戦状だろうと、私たちは考えています」

「予告と俺と、どういう関係があるのです?」

「それを教えてもらいたいのです」

糠田は笑った。

「それは無理ですね。だって、俺は関係ないんですから……」

「二度も爆破事件を起こしたとなれば、罪も重くなります。ただ、世間を騒がせるだけとか、ネットで話題にしてもらいたいという理由で事件を起こそうというのなら、それは割りに合いませんよ」

「だから、俺にそんなことを言っても無駄ですよ。俺は、爆発の被害者なんですよ」

「話すのなら今ですよ。また事件が起きてからでは、もう遅い」

「話すことなんてありませんよ」

安積は、糠田を見つめていた。糠田もまっすぐに見返してくる。

彼はまったく動じていない。自信に満ちている。いや、自信というより何かを確信しているのだろうか。

一般に使われている確信犯という言葉と、警察でいう確信犯は少し意味が違う。宗教的理念や政治的、思想的信条、信念をもとに、罪を犯すことを確信犯という。

確信犯は口を割らないといわれている。取り調べで一番手こずるのが、政治的な背景を持つ運動家だ。もし、糠田もその類ならば、決して口を割ろうとはしないだろう。

ここで糠田を落とせる気がしなかった。何か別の方策を考えたほうがいい。

「また来ます」

安積は言った。

「おしゃべりの相手は、いつでも歓迎ですよ」

その声を背中で聞いていた。

夜になっても、小松、串田、芝原の行方はわからなかった。理事官は、さらに応援を増員した。深夜になっても帰宅する様子はなく、どうやら泊まり込みを覚悟したようだった。

午前一時過ぎに、安積は村雨たちをいったん呼び戻すことに決めた。

真っ先に戻ってきたのは、吉村・内藤組だった。それからややあって、須田・黒木組がやってきた。村雨・桜井組が戻ってきたのは、それからさらに十分後だった。

安積は、糠田と話をしたことを告げた。会話の内容を説明してから言った。

「あいつを落とせそうな気がしない。何か方策を考えなければならない」

「現時点では、逮捕はあり得ませんね」

村雨が言った。安積はうなずいた。

「相楽の件で、幹部は神経質になっている。第一、糠田が爆発に関わっているという証拠はないんだ」

みんなが押し黙った。安積も、何を話していいのか思いつかなかった。

長い沈黙の後、須田が言った。

「えーと、現行犯逮捕が最も望ましいんですよね」

「そうだな」

安積は言った。「しかも、爆発が起きる前に身柄を押さえるのが望ましい」

「行方がわからないのなら、やってくるのを待ち伏せればいいんです」

須田が言っていることがわからなかった。村雨が尋ねた。

「どこで待ち伏せるんだ？」

「これ、賭《か》けかもしれませんが、連中の狙《ねら》いは明らかなような気がするんです」

安積は思わず聞き返していた。

「連中の狙いがわかる？　何かイベントがあるのか？」

「そうじゃないんですが……。彼らは警察に挑戦しているんですよね？」

「たしかにそういう側面はある」

「糠田と串田が書き込んでいたのは、特車二課に関するスレッドだったんです。特車二課が、強力な兵器を配備することに対してすごく厳しい批判をしていたんです」

安積は、村雨を見た。村雨も安積のほうを見ていた。今や、完全に須田の意図を理解していた。村雨も同様だろう。

速水のことを思い出していた。あいつは、妙に後藤と特車二課のことを気にしていた。野生動物のように鋭いあいつの勘が、このことを訴えていたのかもしれない。安積はそう思い、なぜか納得していた。

「スレッドへの書き込みだけでは根拠が薄い」

安積が言うと、須田がこたえた。

「コミコンでの爆破は、新装備の起動を見越してのことかもしれません」

「何だって？」

「あそこで爆破騒ぎが起き、群集心理に火がついて二次災害の恐れがある場合、それを抑えるだけの手段が必要です」

「やはり、後藤は新装備を起動させたのか……」

「それによって二次災害は未然に防げたのです。爆破犯は、新装備を確認したかったのかもしれません」

安積は、すぐに理事官のもとに駆けていった。

「警備部の特車二課で、近々何か特別なことがないか調べたいのですが……」

理事官は怪訝《けげん》そうに眉を寄せた。

「どういうことだ？」

安積は、説明した。

「では、特車二課が狙われているというのか？」

「その可能性は、きわめて高いと思います」

「だが、賭けなんだな？」

「それも否定はできません」

しばらく考えた後に、理事官は言った。

「わかった。待ち伏せについては、あんたが計画を立ててくれ。ただし、人員は割けない。

あんたの特命班でやるんだ。他の捜査員は、引き続き、三人の行方を追うことにする」

「了解しました」

「特車二課の件は、警備部に訊いておく」

「お願いします」

安積は、この話し合いの結果を特命班の面々に報告した。

翌日は日曜日だが、捜査本部に曜日は関係ない。朝一番で、理事官に呼ばれた。

「明後日《あさって》未明、修理と調整に出していた新装備の特車が、メーカーから特車二課に戻ってくるそうだ」

「周囲に無線障害を起こすという件ですね」

「ああ、その点を改良したらしい」

安積はうなずいた。

「犯人が狙うとしたら、そのタイミングだと思います」

「私は立場上、その賭けには乗れない。あんたに任せる」

「わかりました」

今日も、相楽の姿が見えない。弁護士との交渉が難航しているのかもしれない。

未明に輸送が行われるというのは、きわめて特殊だ。それだけ、新装備を人目にさらしたくないということなのかもしれない。新装備がいったい何なのか、安積は知らない。極秘事項なのだという。

何であろうと、どうでもいい。

安積はそう思った。俺の仕事は爆破予告と実行犯を逮捕することだ。

安積は、特命班のメンバーを呼び集め、待ち伏せ計画を立てることにした。目的がはっきりしていれば、段取りはそれほど難しくはない。

地図を広げ、具体的な計画を立てた。

須田が腕を組んだ。

「俺たちの特命班だけじゃ手が足りませんね」

安積もそう思っていた。だが、応援は見込めない。

「それでもやるしかないんだ」

そう言うしかなかった。

28

翌日の月曜日、相楽が捜査本部に姿を見せた。彼の顔を見るのは久しぶりのような気がした。

相楽は、理事官に何事か報告して深々と頭を下げた。その後、聞いたところによると、なんとか、訴えられなくて済んだそうだ。その代わり、あのプライドの高い相楽が、訴えを起こすと言い出した相手すべてに頭を下げて歩いたのだという。

相楽はすっかりやる気をなくしているように見える。隅っこに座ったまま、捜査に参加しようとしない。

安積は、迷った末に相楽に近づいて声をかけた。

「手伝ってほしいことがある」

相楽は、ふてくされたような眼を向けてきた。何も言わない。安積はさらに言った。

「やりたいことがあるが、手が足りないんだ。あんたの班の協力が必要だ」

「この勝負、俺にはもう勝ち目はない。だから、俺にあんたの軍門に降《くだ》れということか？」

「そうじゃない。これは捜査だ。爆破犯を検挙するために、あんたの班の協力が必要だと言っているんだ。誰が勝ったの負けたのという話じゃない」

相楽は、しばらく考えていた。次第に眼の光が強くなるのがわかった。やがて、彼は言った。

「それで、何をやればいいんだ？」


日が暮れる頃から、何度も持ち場をチェックしていた。何があるかわからないので、安積たちは全員、ワイシャツの上に防弾チョッキを着ていた。おかげでおそろしく暑い。ワイシャツがたちまち汗でびしょびしょになった。

相楽たちの特命班も要撃作戦に参加していた。新装備を積んだ巨大トレーラーがお台場の特車二課に到着するのは、午前二時の予定だった。

何度か無線のチェックをして待っていると、一台のパトカーが近づいてきた。交機隊のパトカーだ。誰が乗っているかは明らかだ。

パトカーは安積の前で止まった。

「よお、ハンチョウ。車の中は涼しいぞ」

運転していたのは、やはり速水だった。

「あいにく、これが仕事でな」

「乗れよ。この車を前線基地に使えばいい」

「交機隊の巡回車を勝手に転用できるか」

「俺がいいと言っているんだから、いいんだ」

「何をやろうとしているか、知っているのか？」

「特車二課の新装備を爆破しようというやつを、待ち伏せしているんだろう？」

安積は驚いた。

「どこでそういうことを聞いてくるんだ？」

「警備部に知り合いがいてな。教えてくれたんだ」

「後藤じゃないだろうな？」

「あいつが俺にそんなことを教えると思うか？」

その点についてはなんとも言えなかった。

「本当にそのパトカーを使っていいのか？」

「ああ、かまわない。いざというときに、機動力が必要になるかもしれない」

助手席に乗り込んだ。エアコンのおかげでほっとした。

「俺は、どうしておまえが後藤や特車二課のことを気にしているのか理解できなかった。もしかしたら、こういう事態を想定していたんじゃないのか？」

「まさか……」

「自分では意識していなかったが、おまえの勘が察知していたのかもしれない」

「俺は、ただ気に入らなかっただけだ」

「それを勘というんだ。刑事になれるぞ」

「まっぴらだ」

思ったより時間が早く過ぎていく。もっと苛々《いらいら》するかと思ったが、配置している係員たちと連絡を取り合っているうちに、予定の時間が近づいてきた。

パトカーががたがたと揺れ始めた。地震かと思った。だが、そうではない。大型の車両が近づいてくるのだ。

特車二課の巨大トレーラーだ。

安積は、無線で連絡を取り合った。巨大トレーラーは、テレコムセンター前の交差点のほうから南下してくる。

「こちら、特命2、特命1どうぞ」

村雨だ。安積を呼んでいる。

「特命2、こちら特命1。どうした？」

「青海《あおみ》二丁目の交差点付近の倉庫の陰に、不審な車両を発見。二トントラックと思われます」

「特命2、まだ触るな。何か行動を起こした瞬間を押さえろ」

「特命1、こちら特命2、了解しました」

「各局、特命2の無線を傍受したか？」

特命3から特命5までの各班から返事がある。

「各員は、青海二丁目付近に集結しろ。相手は爆発物を持っていると推量される。うかつに近づくな」

速水が言った。

「俺たちも行くか」

パトカーは、テレコムセンター駅前にいた。

「行こう」

速水がパトカーを発進させる。

「特命1、こちら特命2。当該車両が動き出しました」

「まだだ。様子を見ろ」

「了解」

安積は、速水に言った。

「サイレンを鳴らして、回転灯を点灯するぞ。派手に登場しよう」

「望むところだ」

安積は、サイレンと回転灯のスイッチを入れた。あたりに赤と青の光を投げかけ、けたたましいサイレンが轟《とどろ》いた。

「特命1、こちら特命3」

須田の声だ。

「どうした?」

「トラックが逃走します」

速水が言った。

「見えてるよ」

いきなりアクセルを踏み込んだ。

「追うな。相手は爆発物を積んでいるかもしれない」

「ここで爆発すれば、同じことだ」

安積はぞっとした。だが、速水の言うとおりだった。トラックとの距離はそれほど遠くはない。今、ここで爆発が起きたら巻き込まれるのは明らかだ。

「一《いち》か八《ばち》かだ」

速水が言った。「神か、別れたカミさんに祈ってろ」

「どっちも嫌だ」

速水は楽々と二トントラックを追い抜いた。そして、四輪ドリフトで車体を横向きにして、トラックの進路をふさいだ。

トラックが急ブレーキをかける。その瞬間に、建物の陰から一斉に係員たちが飛び出してきた。

「全員検挙」の声が上がったのは、それから間もなくのことだった。その声は、相楽のもののような気がした。

二トントラックは、警備部の爆発物処理班に任せた。

検挙されたのは、小松行彦、串田昭雄、芝原道夫の三人だった。須田の読みが当たった。安積たちは賭けに勝ったのだ。

三人の身柄を捜査本部に運び、村雨、須田、そして相楽に取り調べを頼んだ。彼らが自白を始めるまでに、それほどの時間はかからなかった。

最初にしゃべりはじめたのは芝原だった。彼が、ネット上で爆破予告をする担当だった。コミコンのときは、安積たちが考えたとおり、小松と串田が見張りで、糠田と芝原がトイレに爆発物をしかけたのだった。

そこに、原嶋がやってきた。小松はあわてて糠田に連絡を取った。糠田は、原嶋の様子を見なければならなかった。その結果、逃げるのが遅れて、糠田は大怪我《おおけが》をすることになった。

四人はネットの掲示板で互いに興味を持ち合った。そして、メールで連絡を取り合うようになったという。

コミコン爆破の計画は、糠田が立てたということだ。計画についてはメールを介してやり取りされた。今回の特車二課のトレーラーを襲撃する計画も糠田が立てたのだという。

爆発物を作ったのも糠田だ。今では、爆発物の作り方もネットで検索すればわかってしまうらしい。

安積は、三人の自供をもとに、朝を待って病院の糠田を訪ねた。ほとんど眠っていなかったが、眠くもなく疲れてもいなかった。今は、充実感のほうが勝っている。

糠田は、安積を見ると、またほほえみを浮かべた。

「やあ、また来てくれたんですか?」

世間話に付き合うつもりはなかった。

「今日未明、小松行彦、串田昭雄、芝原道夫の三人が検挙されました。爆発物取締罰則違反等の現行犯逮捕でした」

「へえ……」

ほほえみは消えたが、うろたえた様子はない。

「三人は、すべて自供しました。特車二課の新装備がメーカーから戻ってくる日を狙って、爆破しようとしたんですね」

「白《しら》を切っても無駄ということですね」

「無駄です」

「そう。破壊できるとは思わなかったけど、せめて特車二課の連中をおおいに慌てさせたかったですね」

「警備部によると、アンホが四十キロ以上トラックに積んであったそうです。爆発したらとんでもない破壊力だっただろうということでした」

アンホは、国際テロでも使われる爆薬で、化学肥料や軽油などで自作することができる。

「あの三人が本当に爆破を実行できるとは思っていませんでしたがね……。だって、爆発したら自分たちも危ないんですよ。自爆テロみたいなものだ。そんな根性、彼らにはありませんよ」

「では、何のための計画だったのです？」

「刑事さんが言ったとおりですよ。警察への挑戦です。警察を右往左往させられればそれでよかった……」

「そんなことをして、何の意味があるんです？」

「意味……？　さあね。強いていえば、俺の存在の証明でしょうかね」

「存在の証明……？」

「自分が何者かわからない。自分に何ができるのかわからない。自分の未来がわからない。みんなそれで悩んだり苦しんだりしているんです。ネットに行けばそんなやつらばかりです。でもね、大きなことをやると、そういうやつらが元気になるんです」

「そのために罪を犯すというのですか？」

「罪とか悪とかの概念はないですね。どれだけネットで話題になり、みんなが元気になるか。もちろん、批判する人たちもいます。でも、それもひっくるめてネットの書き込みが活発になる。みんな活《い》き活《い》きしてくるんです。俺はそのために話題を提供するんです」

「注目を集めたいのですね？」

「そうですね。コミコンの出来事の後は、自分自身で大きな力を感じました」

糠田は、反社会的なことでも、話題になれば価値があるのだと言っている。もともと、社会的とか反社会的という考え方が欠落しているのかもしれない。

安積が育った時代の日本というのは、もっと筋が通っていたような気がする。若者が自由と権利を求め、それに迎合した結果、この国から節度が失われた。

節度などくだらないものだという考え方もあるだろう。だが、社会から規範が失われていくのは淋《さび》しい気がする。

安積は言った。

「残念です」

糠田が薄笑いを浮かべる。

「何がですか？」

「あなたは間違っているという確信があるのに、私はどこが間違っているのかを指摘できない」

「俺は間違ってなどいないからです。刑事さんとは、育った時代が違うんですよ」

「時代の問題ではないと思います」

「では、何です？」

「あなたが、もう少しだけ信じていればよかったのに、と思ったのです」

「信じる？　何を？」

「自分自身の可能性を、そして、他人を、この社会を……」

「そんなもの、どうやって信じろというんです？」

「ほんの少しでいい。半歩でもいいから歩み寄って、信じる心を持てば、世の中が違って見えたかもしれません」

いつの間にか、糠田の顔からほほえみが消えていた。彼は、傷ついたような表情で安積を見つめていた。

安積は言った。

「あなたは、仮想の社会でヒーローになろうとしていた。だが、今からあなたには実社会での厳しい現実が待っている。逮捕、取り調べ、起訴、裁判、そして刑罰……」

糠田は、もはや薄笑いを浮かべる余裕がなくなったようだ。ようやく現実を実感したのだろうか。

「俺は、みんなを元気にしてやりたかっただけだ。小松も串田も芝原も、メールで計画を立てるときには、本当に活き活きしていたんだ」

「誰かを元気にしてやりたいという気持ちは正しいと思います。ただし、そのやり方が間違っていたと、私は思います」

安積は静かに逮捕状を執行した。「八月二十四日午前九時三十二分。あなたを逮捕します」

29

まだ、新しく広い刑事課のフロアに慣れない。係員たちは、仕事に追われているので、庁舎が変わっても気にならない様子だ。

安積は、窓の外を見ていた。午前中は晴れていたのだが、午後三時過ぎからまた雲行きが怪しくなってきていた。

安積は、溜まった書類を片づけていた。珍しく係員たちも全員署にいて、書類仕事をしている。

何気なく強行犯第二係のほうを見ると、相楽と眼が合った。一度眼をそらしてから、覚悟を決めたように立ち上がり、こちらに近づいてきた。

「安積さん」

相楽は言った。「今回は、私の負けだ。だが、我々は模型イベントの爆破予告犯を検挙したのだから、これで引き分けというところですね」

「私たちの仕事は、検挙数を競い合うことではないと思います」

「だが、私は第一係には負けたくありません」

その競争心のために、勇み足で訴えられかけたんじゃないか。そう言ってやりたかったが、やめておいた。

「そうですか」

「もう一つ、言っておきたいことがあります」

「何でしょう?」

「爆破犯の身柄確保に立ち会わせてもらって、感謝します」

相楽はさっと背を向けると自分の席に戻って行った。

村雨が言った。

「何ですか、あれ……」

安積は、笑い出しそうだった。

「礼を言いに来たんだよ。素直じゃないだけなんだ」

相楽と入れ替わるように、速水が姿を見せた。いつもの署内パトロールだろう。

「先日は世話になったな」

安積は言った。「パトカーがなければ、逃げられていたかもしれない」

「四十キロも爆薬を積んでいたんだって? 後で聞いてぞっとしたぞ」

安積は思わず速水の顔を見ていた。

「俺が追跡するなと言ったとき、どうせ爆発したら同じだとこたえたよな」

「あのときはそう思ったんだ」

安積はすっかりあきれてしまった。もしかしたら、二人は死んでいたかもしれない。だが、速水といっしょにいれば、絶対に死なないような気もする。悪運の強さは天下一品なのだ。

「特車二課や後藤のことは、まだ気になるのか?」

安積が尋ねると、速水は窓の外に眼をやった。

「いいや、気にならなくなった。なぜだろうな。お台場に同居する仲間なんだが、まるで別世界の存在のような気がする。現実味がないし、なんだか実在しないかのように希薄に感じる」

他の部署などそんなものだ。気にしなければ存在しないのと同じことだ。

「暗くなってきたな。一雨来るぞ」

速水がそう言ったとたんに、激しく降りだした。

夕暴雨《ゆうばくう》だ。

うだるような暑さを一時忘れさせてくれるに違いない。

解説

細谷正充

それぞれ独立した作品を、登場人物等で繋《つな》げ、大きな物語世界を構築する。このような手法を採用している作家は何人かいるが、そのひとりが今野敏だ。たとえば、二〇〇四年に発表した書き下ろし長篇『パラレル』では、『わが名はオズヌ』の賀茂晶、『触発』『エチュード』の碓氷弘一、『襲撃』『人狼』の美崎照人、『陰陽祓い』『憑物祓い』の鬼龍光一と、各作品の四人の主人公が共演するという離れ業をやってのけた。また、二〇一二年三月に刊行した「ボディーガード工藤兵悟」シリーズ第四弾『デッドエンド』では、『曙光の街』『白夜街道』で活躍した、ヴィクトル・タケオビッチ・オキタが登場。またひとつ、作品世界が繋がった。

そんな作者だからこそ、可能だったのだろうか。本書『夕暴雨　東京湾臨海署安積班』では、とんでもないコラボレーションが実現されている。他人の作品——しかもジャンルでいうならばロボットSFになるであろう『機動警察パトレイバー』を、「安積警部補」シリーズの世界に投げ入れたのだ。いったい何がどうしたら、ふたつの作品世界が繋がるのか。本を開く前から、ワクワクドキドキせずにはいられないのだ。

『夕暴雨　東京湾臨海署安積班』は、角川春樹事務所のPR雑誌「ランティエ」二〇〇八年十一月号から〇九年九月号に連載され、一〇年一月に単行本が刊行された。物語は、安積剛志警部補たちが、新設された七階建ての官舎に引っ越す場面から始まる。建物が立派になった反面、人々の距離が遠くなり、かえって風通しが悪くなったのではないかと思う安積。さらに強行犯係の人員が増え、班がふたつになった。しかし強行犯第二係の係長になった相楽啓は安積をライバル視して、何かと突っかかってくる。また、新庁舎の一キロほど南に別館が建設され、警備部の特車二課が入るという。特車二課の小隊長のカミソリ後藤こと後藤喜一は、安積や交機隊小隊長の速水直樹と同期であった。秘密のベールに包まれた特車二課に、珍しく速水は苛立《いらだ》っている。

そのような状況の最中、ネットに爆破予告がアップされた。標的は、模型関係の大きなイベントが開催されている、東京ビッグサイト。イベントは無事に終了したが、今度は、次の週末に開催されるコミックコンベンションという同人誌のイベントを標的にした、爆破予告がアップされる。ネットに詳しい須田三郎部長刑事のカンによれば、前回はいたずらだが、今回は本気とのこと。前回の書き込み犯を捕まえた相楽を尻目に、安積班は東京ビッグサイトの見回りを始める。さらに娘の涼子が売り子としてイベントに参加することを知り、安積には個人的な心配まで加わった。そしてイベント当日。安積たちの警備も空《むな》しく、トイレで爆破事件が起きてしまうのだった……。

本書には、幾つもの読みどころがあるが、やはり最大のものは『機動警察パトレイバー』とのコラボレーションだ。ご存じの人も多いだろうが、『機動警察パトレイバー』とは、汎用多足歩行型作業機械（レイバー）を使用する、警視庁警備部特車二課の面々の活躍を描いた物語のこと。マルチメディア展開され、ゆうきまさみのコミックと、押井守監督のOVA及び劇場アニメが評判になった。なお余談になるが、劇場版の『機動警察パトレイバー2 the Movie』は、アニメ・ファンのみならず映画ファンも必見の傑作である。

いや、それにしてもだ。リアルな警察小説である「安積警部補」シリーズと『機動警察パトレイバー』を、よくぞ同じ世界の中に収めたものである。リアリティが失われるギリギリのラインを見切って、レイバーを起動させた作者の手腕は、素晴らしいとしかいいようがない。しかも特車二課がストーリーの賑《にぎ》やかしに終わらず、しっかりと事件に関係してくるのだ。ベテラン作家の、凄《すご》すぎる遊びを、とことん堪能《たんのう》していただきたい。

さらに安積と相楽の確執も注目度高し。相楽のみならず、周囲の人々からも、ふたりがライバル関係にあると見られ、安積の心が揺れる。警察官として、常にニュートラルであろうとする安積だからこそ、悩みは尽きない。そんな安積の揺らぎの中から、彼の人間臭い魅力が立ち上がってくるのだ。

一方、事件に目を向ければ、ちょっとした証言の食い違いから、真相に迫っていく過程が読ませる。監視カメラの映像の扱いも巧みであり、犯人の動機も現代的だ。警察小説としての味わいも抜群なのである。

ついでに付け加えておくと、東京ビッグサイトで開催される、オタク向けのイベントが舞台になっていることも興味深い。模型関係の大きなイベントはワンフェスことワンダーフェスティバル、コミックコンベンションはコミケことコミックマーケットと、それぞれモデルになっている実在のイベントがある。行ったことのある人は、よく雰囲気が再現されていることに気づかれることだろう。それもそのはず。作者は自作『宇宙海兵隊ギガース』のフィギュアを作り、自らワンフェスで販売したこともある強者なのだ。そうした実体験が、本書に生かされたと思われる。

おっと、指摘すべきポイントが多すぎて、安積以外の人々に、あまり触れてなかった。須田・村雨・桜井・黒木といった安積班の面々は、いつものように適材適所のチームワークを発揮。警備部と刑事部の合同捜査を、したたかに回していく、署長の野村もよかった。『機動警察パトレイバー』とコラボレーションしながら、「安積警部補」シリーズ本来の作風を貫く。異色にして王道。今野敏にしか書けない警察小説が、ここにあるのだ。

ところで本書の初刊本の帯には、押井守の推薦文が寄せられているのだが、そこには、

「作家・今野敏の見事なお手並みはぜひ一読していただくとして、でも今野さん。今度は特車二課の世界に安積警部補が登場しても構わない、ということですよね。
　笑って許してくださるに違いない、と信じてますから」

と、書かれている。そして押井守は、この言を実行。特車二課の面々が活躍する警察小説『番狂わせ　警視庁警備部特殊車輛二課』を二〇一一年一月に上梓《じょうし》し、その中に、安積

班の面々を登場させたのだ。これまた嬉《うれ》しいコラボレーション。本書を読んだ人には、併せてお薦めしておきたい。

（ほそや・まさみつ／文芸評論家）

本書は二〇一〇年一月に小社より単行本として刊行されたものです。

本作品はフィクションであり、登場する人物名、団体名など架空のものであり、現実ものとは関係ありません。

Haruki Bunko
ハルキ文庫

こ 3-35

夕暴雨《ゆうばくう》 東京湾臨海署安積班《とうきょうわんりんかいしょあずみはん》

著者 今野《こんの》 敏《びん》

2012年4月18日第一刷発行
2025年4月18日第二刷発行

発行者 角川春樹

発行所 株式会社角川春樹事務所
〒102-0074 東京都千代田区九段南2-1-30 イタリア文化会館

電話 03(3263)5247(編集)
03(3263)5881(営業)

印刷・製本 中央精版印刷株式会社

フォーマット・デザイン 芦澤泰偉
表紙イラストレーション 門坂 流

ISBN978-4-7584-3651-9 C0193 ©2012 Bin Konno Printed in Japan
http://www.kadokawaharuki.co.jp/[営業]
fanmail@kadokawaharuki.co.jp[編集] ご意見・ご感想をお寄せください。

残照

今野 敏

台場で起きた少年刺殺事件に疑問を持った東京湾臨海署の
安積警部補は、交通機動隊とともに首都高最速の伝説のスカイラインを追う。
興奮の警察小説。（解説・長谷部史親）

陽炎 東京湾臨海署安積班

今野 敏

刑事、鑑識、科学特捜班。それぞれの男たちの捜査は、
事件の真相に辿り着けるのか？　ST青山と安積班の捜査を描いた、
『科学捜査』を含む新ベイエリア分署シリーズ、待望の文庫化。

最前線 東京湾臨海署安積班

今野 敏

お台場のテレビ局に出演予定の香港スターへ、暗殺予告が届いた。
不審船の密航者が暗殺犯の可能性が——。
新ベイエリア分署・安積班シリーズ、待望の文庫化！（解説・末國善己）

半夏生 東京湾臨海署安積班

今野 敏

外国人男性が原因不明の高熱を発し、死亡した。
やがて、本庁公安部が動き始める——。これはバイオテロなのか？
長篇警察小説。（解説・関口苑生）

花水木 東京湾臨海署安積班

今野 敏

東京湾臨海署に喧嘩の被害届が出された夜、
さらに、管内で殺人事件が発生した。二つの事件の意外な真相とは!?
表題作他、四編を収録した安積班シリーズ。（解説・細谷正充）

待っていた女・渇き

東 直己

探偵畝原は、姉川の依頼で真相を探りはじめたが——。
猟奇事件を描いた短篇「待っていた女」と長篇「渇き」を併録。
感動のハードボイルド完全版。（解説・長谷部史親）

流れる砂

東 直己

私立探偵・畝原への依頼は女子高生を連れ込む区役所職員の調査。
しかし職員の心中から巨大化していく闇の真相を暴くことが出来るか？
（解説・関口苑生）

悲鳴

東 直己

女から私立探偵・畝原へ依頼されたのは単なる浮気調査のはずだった。
しかし本当の〈妻〉の登場で畝原に危機が迫る。
警察・行政を敵に回す恐るべき事実とは？（解説・細谷正充）

熾火

東 直己

私立探偵・畝原は、血塗れで満身創痍の少女に突然足許に縋《すが》られた。
少女を狙ったと思われる人物たちに、友人・姉川まで連れ去られた畝原は、
恐るべき犯人と対峙する——。（解説・吉野仁）

墜落

東 直己

女子高生の素行調査の依頼を受けた私立探偵・畝原は、
驚愕の事実を知る。自らを傷つけるために、罪を重ねる少女。
その行動は、さらなる悪意を呼ぶのか。大好評長篇ハードボイルド。
